孫了紅　著

一〇二

遊走於黑暗與光明之間

真相在謊言與陷阱中浮現

俠盜魯平闖入謎案，在生死邊緣尋找真相

舞臺前後的人性戲碼，命運如一場無盡的演出

空保險箱背後暗藏致命祕密，

善惡對決，俠盜與敵人殊死博弈……

命運的齒輪推動著驚心動魄的真相！

目錄

目錄

第一章　後臺的巡禮

在眼前這一個微妙的世界上，各個的「前臺」，與各個的「後臺」，有著顯著的不同：在每一種「前臺」，你所能見到的，是光明，美麗，與偉大。可是，一到「後臺」就不同了：先前所見到的光明，頓時成了黑暗；先前所見到的美麗，頓時成了醜惡；而先前所見到的那樣的偉大，頓時也成了異乎尋常的渺小！

不過，我們也可以倒過來說：在前面，你所見到的種種，那都是浮泛的，虛偽的，與裝點出來的；至於後面所見到的一切，那才是真實的，坦白的，與毫無假借的。

基於以上的理論，所以，我想把我的筆尖，指引讀者們到後臺去，作一下簡單的巡禮。

這裡，筆者的鋼筆尖，已到達了「某」一個遊戲場的某一個角度裡——這是一個京班戲的後臺。

為什麼要寫出一個「某」字呢？為什麼不把那個遊戲場的真實名字，直截痛快寫出來呢？

答案是：這整個偌大的世界，就是一個放大的所謂遊戲場；而每一個小小的遊戲場，也就是這整個世界的某一面的縮影；寫下一個「某」字，一處，也就代表了一切。這樣，比較專指某一個地點，似乎更為廣泛一點。

而實際呢？筆者的鋼筆尖，畢竟指引到了什麼所在，這在聰明的讀者們，看了下文，那是不難想像而知的。

這裡所謂後臺，比較大場面的後臺，當然有些不同。這是一個約摸近十碼寬、十五碼長的所在。全部約可劃分為三個部分。居中一部分，與前臺的地面，有著相等的高度。後半部，堆置著許多布景：其中有幻化的滄海與桑田，也有雛形的高樓與墳墓。

凡此種種，明明都是假的，然而當他使用的時候，分明象徵了人世間真實的一切。

在這些堆置著的布景與前臺的分界之前，留出了一條狹長的走道，在這裡，你可以從一彈指頃，由「上場」門急遽地直達於「下場門」；也可以在一霎時間，由下臺處重新悠悠然大步踏到上臺處。

左右的兩個部分，比著居中部分，低去了二三尺。——你若要從這較低下的地位踏上前臺，那你需要伸出你的長腿，努力跨上兩層階級。——先說左邊一部分，這裡，入目就有一種非常凌亂的景象。靠壁，安放著幾口闊大的板箱——這就是所謂「大衣箱」——從箱蓋的光滑程度上，你可以約略看到它的悠久的歷史。在這些箱子裡靜靜睡著的，有文官穿的「官衣」，與武將穿的「靠子」；上自帝王穿的「大蟒」，下至「飢寒人」穿的「富貴衣」，可稱一應俱全，無所不備。可是這裡任何一種新奇悅目的服裝，你總無法把它穿上一個太久的時間。

靠壁用些木板，釘成幾個壁架。粗粗一望之間，你會疑惑你已走進一所古董店，或是誤入了一所博物院；但，細細地看，你也許要以為你已置身於一個舊貨攤子之前。

在壁架上，有的是實心而永遠裝不進東西的金色的酒壺——這可以象徵社會上的某種鍍金的人物——；也有永遠只供「賣樣」而永遠不會發光的燭臺；更有市上永不通用的金的與銀的元寶，你若把它施捨給乞丐，會使乞丐對你嘆氣。

看到牆壁的較高部分，懸掛著一團和氣天官賜福的面具。呵！你看：這善良的面具，永遠是那樣的善良；有了它，便可以使任何一種醜惡難堪的嘴臉，立刻變成那樣的和藹，可親！然而，我要勸你留意，切莫把這東西揭起來看！在這善良面目的一旁，相反的，卻懸掛著一個吊死鬼的猙獰的鬼臉。

有許多人，以為這很可怕，其實並不！因為這種鬼臉，無論怎樣可怕，但它並不會「變」；而人類的臉，有時雖很可親，但它說變就變；你不能預料到它，將會變到如何醜惡的程度！所以結論應該是：人臉的可怕，百千萬倍於鬼臉！

除了以上許多奇形怪狀的東西之外，你在這裡每一個角度裡，可以見到許多刀、槍、劍、戟、鞭、鐧、錘、抓之類，所謂十八般的武器，般般俱有。這裡有象徵「八十一斤重」的大刀；有「銀樣」的「蠟槍頭」；更有大得可怕而其實是並不經久的空心大錘；——假使你想用這些東西，作為一種「閃電」或「錘擊」戰的武器，那你不用請教瞎子算命，你也可以推算出一個準確合理的結論。

以上，是這後臺的武備。除了武備，還有文藝哩！在塗滿臭蟲血的牆壁的空隙間，隨處，你能發現那些似通非通的舊式詩歌；你也可以看到「某某人，我把你這大膽的奸賊！」等等的白描散文。呵！妙文非常之多！可惜在這動亂的時代，文章並不為「市面上」所重視。因而筆者預備收轉筆尖，不再加以貪多的「囤積」。

在這整個的所在，最觸目的東西，要數到那個高供在壁架上的小小神龕了。這神龕，雖然不滿一尺高，但是相當考究，外面，居然張掛著黃綢的神幃。在龕子裡，一張由大紅大紫而漸變成灰褐色的狹紙條上，寫著「翼宿星君之神位」的字樣——這就是世俗所傳的「老郎神」。據說：人們供奉了他，可使顏面增加一重厚度，而便利他們的「搖尾乞憐」或「脅肩諂笑」的事業。

這位偉大的星君，常年坐鎮在這裡，卻看盡了人們上臺與下臺時的各種虛偽的面目。呵！可憐的神啊！我告訴你：當人們需要你的時候，他們把香燭供奉著你；但是，他們在不需要你的時候，他們便每天請你吃些灰！

總之，在這整個的狹小的所謂「後臺」之中，所能留給你的，只是一種凌亂，不潔的印象。假使有一個一流的畫家，走進這裡來，你要請他把這裡的每一件的事物，逐一描繪出來，那你準會使這位象牙塔中的人物，雙眉立刻顯示緊皺。而筆者卻並不是個畫家，所以特別無法加以詳細的描寫。

有一點是值得提出的，那就是：在現實的社會上，往往有許多事物，分明都是

「假」的，而人們偏偏要強認為「真」的；至於後臺則不然，一切都是虛偽的，他們就爽直地告訴你這是虛偽的，——例如，就說那些面具吧，在這後臺，他們承認這是面具；一到了現實的社會上，許多人們明明套著面具，而他們卻無論如何，絕不肯承認這是面具。這是後臺的坦白可愛的地方。

然而無論可愛也罷，不可愛也罷。我的筆尖，卻不能永遠停留而不前進。

這裡，筆者謹向那位「吃灰的」翼宿星君，鞠一個躬，道一聲「打擾！」便暫時拋棄這些奇形的靜物，而用我的鋼筆尖，把讀者們指引到一種較有生氣的目標上。

第二章　一個當家花旦

現在，我的筆尖已搬到了右邊的一部分。

這地方用著一些薄板壁，攔成了一個小間。後臺的群眾，美其名曰「特別化妝室」，那是專供幾位重要坤角化妝所用的。在這小小的一間裡，狹窄得連安放一張小桌子的地位也沒有。代表著桌子的，那只是附屬於壁間的兩方狹板。在這狹板上，雜亂地攤放著些胭脂、花粉、簪、釵、頭面、貼片之類的零物，那都是唱花衫的角兒的必需品。

這時，在這螺螄殼型的特別化妝室內，有一個身材苗條的少女，低著頭，靜悄悄坐在木板前的一張凳子上。

這少女，披著一頭烏黑而柔軟的長髮。她這頭髮，一直不曾花費過她水燙、電燙或奶油燙的錢；換句話說，那只是天然的土產，但並不比那些燙過的摩登頭髮難看些。再看她的身上，也只穿著一件樸素的藍布旗袍，而且已很陳舊；但是漿洗得相當挺潔，穿在她這苗條的身子上，也並不曾掩住她的天然的線條美。

她的足部，比較闊氣得多，居然穿著一雙長筒的絲襪——那是一種劣質的人造絲襪，在筒子上有兩處地方已抽了絲，卻用一種同色的絲線，小心地補縫起來的。

這少女低下了頭，正自專心一致在整理手內的一副「大頂」。原來，這天她的戲碼是《刺湯》，她在這出戲內，要扮演那個雪豔的角色。

喂！讀者，你們可不許因這少女穿著得寒蠢而看輕了她。告訴你們吧：她是這裡的一個挑二牌的當家花旦哩！

其時，這少女把手內一大股黑色的線條，左一翻，右一弄，低頭整理了一會。忽然，她的兩顆秋星那樣的眼珠骨碌地一轉；同時有一絲輕倩活潑的笑意，掛上了她帶著水浪似的線條的嘴角。

只見她把那副大頂，順手向狹板上面一摔，她像陡然想起了什麼大事似的，急急抽身走出那間小室，像三分鐘熱風般帶奔帶跳，穿過居中那條走道。

她的步伐，簡直用的是刀馬旦「跑車」或「趟馬」的步法；這需要配上一種「急急風」的「場面」，那才覺得相稱。——從她這走路的姿勢上看來，充分地表現出了一個富於情感的年輕人的熱力。

讀者也許要猜想：看樣子，她的年齡還很輕吧？十五六歲呢？十七八歲呢？還是十九歲呢？不！我要請求讀者，多多增加一些。其實，在筆者的鋼筆尖下，一直把「少女」兩字，稱呼這位姑娘，那也有些失當——實際她的年齡，已有二十五歲。不過，從她外表所顯露的面相、姿勢、言語、動作，等等，多方面看來，任何人都不能猜到她的真確的年歲，竟已超過了文人們所謂「花信」的年華。

現在，讓我把這姑娘的長相，偷偷告訴給讀者聽吧！

這位姑娘，乍看並不能說怎樣的美。她的臉色，在平常不施脂粉的時候，帶著一點微黃；但並不是病態的黃。她的身材看去很纖細，卻也並不顯出「林姑娘」式弱不禁風的瘦怯樣子。她的睫毛很長，似乎天公有意替她畫上了兩個明星式的黑眼圈；躲在長睫毛後的兩顆點漆似的眼珠，在某一瞬間，好像充滿一種磁性似的熱力，任是一顆鋼打的心，有時也要受到吸引；但在平常，你也看不出她的眼神會有怎樣的活潑。不但如此，在她的右眼角間，還留著一小片的疤痕。

啊！讀者，你們也許要說「可惜」吧？不呀！她這眼皮下的淺淺的一小片，非但無損於美，似乎倒反增添了她的嫵媚。

這位姑娘，她以一步一跳躍的姿勢，從後臺的右方奔向了左方，她的腳步，還不曾跨下那兩個梯級，卻已用一種稚氣的口吻，一疊連聲在直嚷；她的超過了乙字調的清脆的嗓音，幾乎要穿透了戲臺上的鑼鼓，而飛越到臺外去。

在上場門的門簾後，有四名手執「門槍旗」的龍套，和四員把雙手藏在「靠肚」後的武將，正自預備登場，他們被這「蹬！」「蹬！」「蹬！」的急驟的腳聲，引得一條鞭地旋轉頭來。

這一小隊五顏六色的傢伙，歪眼望望這一個苗條的後影，忍不住聳聳肩膀，互扮著鬼臉。

再說，後臺的左部，正中央，橫列著一張長而簡陋的白木板桌，桌上，羅列滿了水紗、網巾、粉、墨、破筆，以及幾把角兒們自備的小茶壺。

這時，板桌旁的一條很長的木凳上，坐著一個穿好了「胖衣」的角色，正對著一面缺角的小方鏡，在描繪著一個「三塊瓦」的圖案式的臉。他聽得那位挑二牌的姑娘，站在高處「叫板」似的連聲在嚷：「啊啊！我想起來了，讓我告訴你們——」

銀鈴似的語聲，使這一個正在勾臉的傢伙，從破鏡子裡收回了視線，「猛抬頭」地說道：「嘿！你把我嚇唬了一大跳！你瞧，我的好姑娘，你老是那種急三槍的脾氣，幾時才會改改章程呢？」

這時，有兩個專演跑宮女的小女孩，互相擠擠眼，在抿著嘴兒偷笑。

「啊！易老闆，您奔得那末急，仔細又把您的拖鞋，摔得飛起來！」說話的是一位已扮成的老員外，這老員外把他的美髯拿在手裡，一小橛已熄滅的紙菸尾，黏掛在他嘴唇的西北角。

「摔鞋，只要摔得邊式，準可以得個滿堂好。明天我們就『貼』《問樵鬧府》吧！」後臺管事童一飛，打趣地插口。

「哈哈哈……」眾人的笑聲，夾雜進了臺上的鑼鼓聲裡。

「你們別笑，今天我沒有穿上拖鞋吶。」這位帶著稚氣的姑娘，像練習腿功似的把腿一蹺；一面，她從高處跳躍地走下來。

「好姑娘！你那樣急急忙忙的，你又想起了什麼終身大事來了呀？」勾臉的傢伙，把眼光送回鏡子裡，他在他的圖案上，添上了幾筆。

「哎！啊——呀——讓我想，我要告訴你們什麼話呢？」這位姑娘似乎由於奔馳太急的緣故，她把預備發表的話，全部遺忘在對方那間小室裡。她伸手掠掠她的鬢髮，自己也忸怩地笑起來。

「你瞧！你瞧！」那張三塊瓦的臉，在破鏡子裡露出了一個「俊俏」的笑容。有一個頸脖子下扭著痧痕的瘦削的中年女人——此人不須裝扮而天生一股「劉媒婆」的勁——拉開了她的鴨子叫似的嗓子，臨時「抓哏」（即說笑話及打趣之意）說：「我知道哩，易老闆準是要告訴我們，她家裡的那口老花貓，又被那些小耗子，啃掉了鬍子啦！」

「啐！」

「哈哈哈……」笑聲又從眾人的口角間滾出來，噴散在喧嚷成一片的空氣中。

「好！老花貓拿掉了口面，牠再撲點子粉，由老生改唱了小生，那我們易老闆，特別的要疼牠啦！不過，這話讓金老闆聽到了，那可有的是彆扭！哈哈哈！」

那個管理衣箱的許老二，他聽眾人一味調笑，嗓子似乎有些發癢，於是，他也在這歡笑聲中，添上了一份小花臉式的哈哈。此人在後臺，有著一個新奇而又醜惡的綽號，叫做「抽水馬桶」。

喂！你們別看輕這一個醜惡的名詞！創造這綽號的人，很有一些蕭伯納作風咧。——所謂抽水馬桶，意思是說：這東西的外表，永遠是那樣的美觀；這東西的內容，永遠是那樣的垢穢；而這東西卻永遠為世界上的任何一個人類所歡迎而需要。於是，在我們這個醜惡的世界上，便也永遠留下了這種既醜惡而又美觀的東西！

「啐啐啐！嚼爛你的舌根！小心著！別把你這抽水的鏈條子拉斷呀！」這位藝名易紅霞的姑娘，操著一口純粹的北平土白，她向這塌鼻子的許老二，提出了天真而稚氣的反抗。

「拉斷了我的鏈子，哈哈！於你——」塌鼻子還想往下說。

「算了！別盡著鬥口！」那個武二花，勾完他的三塊瓦的臉，擲下了筆回頭向易紅霞說：「正經，你想到了什麼大事，要告訴我們？可是加包銀的事，帳房裡有了消息了嗎？」

「哼！加包銀！想破些吧！再過六十年！」這一小串的牢騷，呻吟似的從那個口銜菸尾的老員外的嘴角吐出。他這語聲，含糊而又疲倦，眾人卻沒有注意。

「得啦！加包銀別提，加鐘點有份。」另外一個下三路的角色，響應著老員外的呻吟。

「哎！老二提到口面，讓我想起了我忘掉的話。——」易紅霞答非所問似的說：「小張昨天告訴我，他替我們編了一個本戲。他要讓我在這新戲裡，好好的露一下。」

「露！別砸了才好！」劉媒婆式的中年女人，忽然開了一大砲。

「小張，誰？張四維嗎？」面對著牆壁，正在整私房行頭的戈玉麟，突然旋轉頭來問。——他是這團隊裡懸掛三牌的鬚生，有一條比馬連良更甜的嗓子，一向自稱是馬派。好半晌，他沒有開口，這時，忽然開始了他的「馬叫」。

「你還沒有知道嗎？帳房裡最近派了這小子來，說是要替我們編新戲。」後臺管事童一飛，向這馬派鬚生解釋著。

「編我們的戲？他配？！」擁有新奇綽號的許老二，努力拉動他的「鏈子」。

「那小子，端著一臉大學生的架子，又自以為是潘安宋玉，我就瞧不上眼！」那張三塊瓦的臉，眼珠骨碌碌地瞅著易紅霞。

「劉老闆的話，著！」這位年輕的鬚生戈玉麟，面貌相當漂亮。他從那張三塊瓦的臉上，把視線飄送上了易紅霞的臉，嘴裡吐出一種帶有酸性的聲氣。——

讀者須知：在我們這一個微妙的世界上，每一種「同行」所免不了的，便是「嫉妒」兩個字。這一位年輕的鬚生，和那個被提起的編劇家張四維，兩人在年輕漂亮的一點上，好像帶有一點「同行」的質素，因之，他們在某種情形之下，不免時常露著敵對的意味。這時，他向他這稚氣未退的女性的同事，警告似的說道：「真的！易老闆，您得留神呀！依我看，那個印度小白臉兒，對您，怕沒有好心眼兒呐！」

說時，他的一雙帶著一些高吊的眼梢，又斜睨到那張三塊瓦上，使了一個眼色。

「他會吃掉我嗎？」那位天真的姑娘，平時，她對這年輕漂亮的鬚生，似乎也有著某種程度的好感，但這時，她卻使勁一扭頭，她的羽扇形的長髮，在白嫩的頸子後面微微飄成一個半圓的旋律。

「嘿！吃雖不會吃掉你，也許他要嘗嘗……」以快嘴著稱於後臺的許老二，又拉動他的抽水的鏈條。但他並沒有說完他的話。

這時有一縷內心悽楚的暗影，霎時攢上了我們這位坤角兒的彎彎的纖眉，可是，後臺的群眾，卻完全沒有一人覺察——並且，他們將永遠不會覺察這情形。

「別多嘴！讓金老闆聽到這話，準保他在半斤麵條子裡，會加上五斤醋，那才沒有味兒咧！」一個不知誰何的傢伙，站在後臺的高處，偷放了一支輕薄的冷箭，立刻旋轉身子，帶笑地跑了。

第三章　武生金培鑫

一個觀劇者，倘要徹底了解一個演劇者的內心表演，最好的方法，便是先來研究一下這演劇者的個性。這裡，讓我們先來談談這位易紅霞姑娘的「私底下」的為人吧。

她是怎樣的一個人物呢？

「天真」、「無邪」、「溫柔」、「忍耐」，如果以上這些好聽的字眼，可以充作一種贈給女性的禮物，那末，我們這位姑娘，她對這些禮物，準可以「照單全收」而無愧。如果「溫柔」、「忍耐」這種字眼，在人類間有一種比賽，那末，我們這位姑娘，無疑地，她準可以取得一個世界性的錦標。她在這個世界上，雖已經過了二十五年的一段悠長的歷程，她卻從不知道，什麼叫做生氣？什麼叫做發怒？

不過無論如何，她總也是個人類呀！既然是人類，應當有時會挑逗起情感上的反應的。可是逢到這種時候，她卻自有她的特殊的方法，宣洩她的憂鬱不平的情緒。譬如：遇到較小的不快，她只在背人之際，輕輕付之一嘆；而遇到了較大的遺憾，她至多也不過以嚶嚶啜泣了事；她的啜泣，永遠只是那樣幽幽的；並且，她永遠不讓任何一人，見到她的淚容。而大多數的時候，她卻以一種小孩似的天真跳踉的姿態，掩飾住了她的內心的隱痛；再不然，她就藉著某一種戲劇中人的身分，痛快發洩一下她的悲哀的情緒。

說出來是相當有趣的！原來我們這位姑娘，她似乎就把演戲當作了整個的人生；而同時，她似乎也把人生當作了整個的演戲咧！

有人懷疑這位姑娘，她怎樣會有如是的忍耐？答案非常簡單：由於天性的柔和是一半；而由於她的特殊環境的養成，卻也居其一半。

「忍耐」，似乎原是人類的一種美德，可是，太忍耐，反而成了一種禍患。就為這位姑娘生性太柔和的緣故，卻使她的那些同事們，找到了一味開胃健脾的妙藥。他們——甚至也有她們——常在她的每一句言語，每一個動作，每一種行為上，加以調笑、玩弄，甚至是欺侮。這大夥兒的混亂的一群，簡直的，都把她當作了一枚甘芳可口而不須吐核的鮮果。

她——這位易紅霞姑娘——在這一座狹小的戲臺上，喜、怒、哀、樂，機械似的演出，已具有三年以上的平凡的歷史。而在最近的兩年之中，四周，包圍著她的粉紅煙幕，似乎特別的多。由於這，卻使這後臺大夥兒的群眾，越發找到了「磨刀片」的好機會。

在後臺的群眾們，凡屬提到易紅霞的事，那位金老闆，似乎已成為一個必要的聯帶名詞。不錯，在前面的一節雜亂的對白中，他們與她們，已屢次提到過金老闆的大名，那末，這位所謂金老闆，又是何等樣的一個角色呢？

由於大眾的重視，可見我們這位金老闆，必是一位紅角無疑。

讀者須知：世間一切等等舞臺上的所謂紅角，必然有著紅角們的應有的架子。「開鑼戲不必到場」，這已成為一切舞臺上的一切紅角所必須有的「排場」之一種，所以，在這開鑼未久的時節，我們這位大名角，他是必然的還沒有到場，那是一件非常合理的事。

可是這也不要緊！筆者可以把他的「身分證」，預先簽發出來，讓你們提早看看他的照片與略歷。

武生金培鑫，最初的懸牌，寫作金佩勳。大約他曾算過命，缺金缺得厲害，因此，後來便改為現在的藝名。他是一個二十八歲的小胖子。一張銀盆似的臉，一副帶豁的眼梢，似乎頗有一點英雄氣概。他有一個高得不討厭的個子，闊肩膀，加上一個帶挺的胸膛，總之，他具有一副武生必需的好長相。可惜的是，他的兩道眉毛，太濃而且太粗，太像兩支板刷；眉濃眼大，於一個武生原是非常相宜的，可是上臺相宜，下了臺，未免顯得刺眼。

有人曾在背後議論，說他的兩道濃眉，拿下來細細分開，分配成十二份，贈給六位摩登女子分著用，那還綽綽乎有餘。你們想：一個人的臉上，長了六個人的眉毛，那是好看不好看？

據中國的相書上說：「眉濃，主有殺氣！」所以我們這位金老闆的眉毛，與後面的戲劇性的發展，似乎不無一些小小的關係的。

再說，金老闆在臺上，卻具有十足「火爆」的表演。每逢星期日與星期六，是他特別賣力的日子。舉例地說：譬如他演《九江口》，他能把手中的那支大槳，舞成電扇葉子那樣的急驟。再譬如：他在《長坂坡》劇中扮演趙雲，他能把那支長槍，在紅色的衫褲之下，兜上幾十個圈子——他明知戲臺上的「趙四將軍」，跨下不騎真馬，因之對於是否會戳穿馬肚的這回事，他是絕對不願加以考慮的。

金老闆的為人，不但他在臺上的演出，是這樣的火爆；甚至他在臺下，也有著相同的火爆的性情。似乎由於「內外五行」相關聯的關係吧？這濃眉毛的傢伙，天生一種非常固執而凶狠的脾氣；在口頭上，他是如何凶狠地說著；在事實上，他便要如何凶狠地做著。

譬如：他向一個人說：「小子！今天我和你還是朋友，到明天三點鐘，我非揍你不可！」說完這話，他能和這將被「揍」的人，照樣有說有笑，「歡若生平」；而一到明天約定的時間，他卻真的把他的「黑虎偷心」，毫不容情地演習到了那個預先被指定的靶子上。

據說：有一次，他為了拿著一柄尖刀去戳一個人，結果，卻「跌」進了籠子裡去，「敲」了六個月的「洋銅鼓」。（下層社會中人，稱入獄為「跌饞牢」；而以吃囚糧為「敲洋銅鼓」；因監中飯食，例以洋鐵器皿盛之也。）

金老闆不但具有上述的「真實的武藝」，同時，他的身後卻還具有一個有力的依靠，他和本埠那位著名以拳頭起家的聞人趙海山，還拖著一線高跟皮鞋帶上的關係——讀者當然明鑑：在眼前這一個世界和眼前這一種年頭上，一隻高跟皮鞋帶上所發生的力，較之一架具有千匹馬力的機器的皮帶上所發生的力，那必然的是前者超勝於後者的！

由於以上兩種原因，後臺大夥兒的一群，對於我們這位金老闆，大都懷著一種「特殊尊敬」的心理；必要的時候，就是那位領導一切的翼宿星君，難免也要買他三分帳！

第四章　幕後的伏流

如果我們要替我們那位易紅霞姑娘，開上一紙「追求者」的名單，那末，除了上面所介紹的金培鑫與戈玉麟之外，那個編劇家張四維，似乎該在「冷門」的「黑馬」之中，列入一個次要的位置。既使他的外表，並不曾把這種比賽的姿態，明白表現出來，但，至少他的內心，難免有著躍躍欲試的趨向。至於他並不以公開的方式追求這位姑娘，他是自有他的理由的。

這小子很乖覺咧！

第一，他深知在戀愛的園地中，須用「血」液去灌溉，方能開放好看的花朵。這種常識，差不多連初讀ABCD的小學生，也都很懂得。——喂！你們看，在二十六個西文字母中，「L」（Love愛）之下，緊緊聯帶著的，不就是「M」（Money錢）一字嗎？

我們這位編劇家，他曾經自加診斷，他知道自己所缺乏的，正是「Vitamine（維他命）M」，這是他自甘退後的第一種原因。

其次，他又知道，戀愛的成敗，十之九都以勢力為依歸。那個插翅膀的小傢伙，表面上，雖然彎弓搭箭，看起來頗有些剛烈的氣概；而實際，它卻天生一種柳條似的根性；第一秒鐘這邊風大，它就倒向那邊；第二秒鐘那邊風大，它又倒向了這邊。這位編劇家，自知他的風勢，不足以左右一切，這是他自甘退後的第二個原因。

以上，還是屬於理論方面的事，至於事實上，他知道這易紅霞，處著一個非常艱困的環境。原來，這位姑娘的身世，說來相當可憐。她家裡，有一位年逾半百的老父，還有兩個細菌式的兄長，和一個不滿十歲的幼妹，一家五口的生活，都靠這位姑娘的演唱而解決。

更不幸的，那位年屆「知非」的「長者」，還犯有一種特別的嗜好。於是，這位姑娘的纖弱的肩膀上，除了「開門七件」以外，同時她還挑上「第八件」的負擔；在最近生活飛漲的潮流下，卻使這位姑娘的演唱，由唱而變成喘，由喘而變成了窒息！

再說，那位濃眉毛的金老闆，他就覷準了這一個可憐的弱點，而向這位姑娘發動側面的進攻。在最近一年餘中，常把一些「黑色的禮物」，送給那位「長者」，作為登門的「敬意」。當然吶！他送出了這些黑色的禮品，是準備收進一些粉紅色的東西的；這裡面，分明含有一點貿易的性質咧！

那位「長者」，他已活了五十多歲，似乎不能算是一個不懂事的孩子了！當然，他也知道收進了這種禮物，會產生一個如何的後果。可是，在眼淚與鼻涕的「災難」之下，只能接受這種「善意」的「賑濟」。

至於那位姑娘，當然，她明知在這黑色賄賂之後，藏著一個無形的契約。然而可憐，她為顧全老父起見，她雖萬分不願接受這種契約，而她卻萬分不能拒絕這種契約；最後，也只能模模糊糊，萬分無奈地暫時預設下了這痛心的契約。

講到這位姑娘的「私底下」，至少，她很能當得起「潔身自好」四個字的評語——唯其如此，她至今還穿著抽絲的人造絲襪——可是一株鮮明的花朵，在她的葉子上，雖然並不寫明「歡迎蜜蜂」的字樣，而在她的四周，還是免不了「嗡嗡」的戀歌聲；每一個「略具姿色」的女子，到了「法定的年齡」，便會惹起一些必然的糾紛；我們這位姑娘，當然也不能例外。

近一時期，似乎有一位鐵行中的小主人——那是一個「風度翩翩」的傢伙，名字叫做賀桂生——對她很表示特殊好感。這是金老闆眼睛裡的一隻釘——此外，在追求者的名單上，還有一名葉肖蓀，是一個不知來歷的赤鼻頭的青年。對這位姑娘，似乎也有一種神經性的表演——這是金老闆胸頭的一枚刺。

除了這「釘」與「刺」之外，在金老闆的眼睛裡，不時還有一些其他的飛塵，刺激他的眼膜。為了這些，常使這個濃眉毛的傢伙，和這位姑娘，發生一種不可免的磨擦。

幸虧這位姑娘，天生下那種忍耐的「美德」，在一貫的「張伯倫式的溫柔」之下，終於使這兩道濃眉，屢次欲豎而豎不起來；可是，在這裡面，藏有一種不安穩的因素，那是不容否認的事實。

以上種種情形，在那位自甘退後的編劇家的冷眼中，看得相當清楚。他知道在這位易紅霞姑娘的身上，已造成了一個一九四〇年間的巴爾幹半島的形勢，早晚之間，這小小的火藥庫，會有「轟通！」地爆發的一日！這使他時常暗忖：「自己似乎犯不著再以弱小國家的姿態，投進漩渦中去，染上一些火藥的臭味。」——這是他自甘退後的一個真正的原因。

那末，這一個冷眼旁觀者，他本身又是一個怎樣的人物呢？他是不是一位真正的編劇家呢？

不！編劇家的頭銜，於這傢伙，卻是一個善意的嘲笑。實際，他是這遊戲場裡的一名職員。他和這遊戲場的主人華大老闆，沾著一些三千里外的親。因而，他在這裡的總帳房裡，算是「重要」的一員。

據他自己告訴人家：他曾畢業於某某大學；在這幾經兵燹的年頭，他拿不出那張「天曉得」式的文憑，卻也振振有詞，頗能提出相當的理由。可是，這小子的確相當聰明。有一個時期，他曾在這遊戲場裡的一個好友話劇團中，編過半本戲——因為是助人合編，而並不是出於單獨的大手筆，所以只能稱為「半」本——居然十分叫座。

從這時候起，他開始取得了「編劇家」三字的榮譽；而他自己，從此便也自居這頭銜而不疑。除此以外，他又自詡：對於每一件事物，都能發揮他的精密的觀察與判斷，關於這，也許是他一向愛讀所謂偵探小說的效果。

這位編劇家所以能夠接近那位天真的姑娘，也有一個特殊的原因。

原來：這位易紅霞姑娘，雖然識字無多，而奇怪！她卻很有一些超特的思想。她對話劇中的「葛嫩娘」，與電影中的「香妃」之類的人物，具有一種非常「嚮往」的熱忱。平時，在她的痴想之中，即使自己不能步武那種人物，退一步，如果能在戲臺上面，模仿一下她們的聲容笑貌，那也使她感到高興。

其次，在她美秀的兩眼裡，又頗有些遠大的見地：她覺得她所演唱的平劇，有許多地方，似乎令她感到不滿；雖然她也模模糊糊，提不出一個具體的意見，然而她終覺得很有加以改革的必要。為此，她對編演新戲抱有很大的熱望。那位非正式的編劇家張四維，就依著這條路線，而找到了一個和她接近的機會。

後臺的群眾，大都看出這小張的編劇，無非是個「掩護登陸」的煙幕；而且，由於傳統的習慣，即使這位編劇家，真能編出一個戲來，他們也並不準備加以接受與歡迎。可是，那位稚氣的易紅霞，卻並不管這些。你看，這時候，她還是一團高興，在熱烈地討論著這問題。

「喂喂！我告訴你們——」這位姑娘不顧眾人的非難，依然天真地嚷著：「小張告訴我：在他編的戲裡，他要讓我唱一個女扮男裝的角色。」

她這樣說時，這後臺大夥兒的一群，有的在向她擠眼；有的在暗暗披嘴，那個「抽水馬桶」，卻在向她掀動著塌鼻子。

眾人的不合作，使這位姑娘感到了一陣輕微的「沒意思」。為了要掩飾這「沒意思」，她飄過眼梢，望見她的身旁，正放著一件舊的黑褶子，她把它拿過來，就向身上一披：準備預先演習一下「女扮男裝」的姿態。

可是，褶子雖已穿上，她不知道自己在這未來的新戲裡，應有一種如何的表演？她的纖眉一皺，偷眼看看眾人，覺得有些尷尬。於是，她索性把水袖向兩下一灑，丟出了一個「蝴蝶雙飛」的勢子；她又翹起兩個拇指，一下，兩下，把袖子抖將起來；連著，她把雙手向頭上一比，做出了一個「整冠」的姿勢，順勢再把雙手往下一勒，做成「理鬚」的樣子。

呵！這是一個很好的「青官衣」戲的架子吶！

在「抖袖」、「整冠」，與「理鬚」的姿勢之後，照規矩，這該開口唱幾句了。只聽她嘴裡「篤落」一聲，代表了鼓板的聲音，她的纖眉微微一軒，便悠然哼出了一句《黃金臺》裡的「回龍」的調子。——她把那結尾的「奔忙」二字，唱得那樣蒼涼而又悲壯，居然大有余叔巖的韻味。

這後臺的一群，眼看這位姑娘天真而又稚氣地自演自唱，一時看出了神；至此，他們聽她唱得相當夠味，鬨然的一聲，忍不住齊聲喝起彩來。

「呃——好！」尤其那位馬派鬚生的一條正工調的甜嗓，搶在眾人之前，幾乎把這彩聲送到了前臺去。

巧得很吶！這時候，臺上的表演，恰巧得到了一個滿堂彩，一陣雷響似的喊聲，從門簾裡直鑽進來，前後臺的彩聲，像一正一負兩個電流，一時交融成一片。

於是，眾人不禁鬨然大笑起來。

「嘿！易老闆唱幾句老生，可真不含糊！」後臺管事童一飛，首先讚美地說：「你看！連前臺的人，都把彩聲送來啦！」

這位姑娘聽到有人叫好，她像一個孩子受到誇獎似的有點忸怩，她把脖子一扭說：「嗯！你們說我唱得好嗎！可別冤我吶！」

一面說，一面溜動俏眼，她見那位馬派鬚生戈玉麟的身旁，放著一掛「黑參」的口面，她一扭身子把它搶在手裡說：「讓我戴上口面，試試口勁怎麼樣？」

說時，她把那掛口面，向著嘴邊就戴；一戴覺得太寬；她便立刻屈起她的一個膝蓋，準備把它拗得小一些。

「我的好姑奶奶！你擱下吧！」馬派鬚生急得一連串地喊起來：「唱了這幾年苦戲，就只掙下了這點財產。這東西，你捧了上千的銀子上北平去，可還沒地方買。好姑奶奶！你饒我吧！」

「真寒蠢！」易紅霞一撅嘴而把這口面摔還了戈玉麟，順勢又脫下了那件舊褶子。「我的好姑娘，別盡著鬧，只剩下兩個戲碼啦！還不上裝嗎？」三塊瓦的花臉，督促似的說。

有一個人接著說道：「真的，金老二怎麼還沒有來？別又誤了場！」

這時，那個「劉媒婆」式的中年女人，正要發表她的什麼高見，一眼瞥見後臺的高處，有一頂漂亮的呢帽的影子，在她眼角一閃，於是，她故意提高了她鴨叫似的嗓子，感喟似的說：「提起金老闆，這幾年來還在我們這小圈子裡混，那也真可惜！誰說他的工作，比不上蓋老五，我就第一個不領教！」

後臺管事童一飛，一聽這劉媒婆的話音，他不需要再飄過眼去，在直覺上也早已看到了高處的兩道濃眉。他當然不甘落後，於是，他慌忙隨聲附和：「可不是？就說前兒晚上動的《北湖州》，你們瞧，他耍的那條鞭，不信就值不上個千兒八百戲份的？」

「我說，金老闆的那根鞭，必定要在易老闆的面前耍，那才特別有勁！」那個「抽水馬桶」，他又拉動他的鏈條，他向高處擠擠眼，又向易紅霞的苗條的背影撅撅嘴。

那個武生正打外邊走進來，他向說話的許老二，做了一個滑稽的耍鞭的姿勢，兩條可怕眉毛，在這姑娘身後一起一落得意地飛舞。有幾個人在抿嘴竊笑。

「隨你們說去吧！快趁嗓子裡不長疔的時候多說幾句，別等爛掉了舌子說不成！」我們這位姑娘，照例佯羞薄怒，招架著飛來的舌劍。

說話之間，一縷悽楚的暗影，不期而然又浮上了她彎彎的纖眉；可是，後臺那些混沌的傢伙，照例沒有覺察到她內心的幽怨。

這後臺大夥兒的一群，正自混亂地磨牙，這時忽有一個八九歲的小女孩，從下場門邊走過來，她向這位姑娘招招手，嬉笑地報告說：「玲姊姊，您來看，捧您的那個大傻瓜，又來啦。」

這小女孩子說時，一個指頭抻著嘴角，她把一種痴憨可掬的眼色，嬉笑地瞅著易紅霞，又嬉笑地看看那個剛踏進後臺的武生金培鑫。

那位姑娘回過頭來，只見這濃眉毛的傢伙，敞開著領子裡的一個衣紐，他把那頂「Steson」牌子的淺灰兔子呢帽，拿在手裡扇子那樣地揮著，一面正以「花蝴蝶」的姿態，從高處大步跨下來。

第五章　公共汽車中的社會革命史

如果說，這小小的後臺是一座聲音夾雜的收音機，那末，這裡的前臺，可以比作一架特製的浩大的破風琴。你看哪，那一排排排列著的音鍵，不待有人按捺，自然都在發出各種高、低、輕、重、參差不一的音響；這許多許多不成調子的音響，形成了一片嘈刺耳的演奏。——這是一些低階娛樂場所的特有的現象。

例外的，在這許多許多的音鍵之中，卻有一個音鍵，似乎是壞掉了的一個，始終寂然不發一聲。——這是坐在戲臺右側第一排第四個位子上的那個人，也就是被那小女孩子客氣地稱為「大傻瓜」的那一位。

他是這小小京戲場中的一位熟稔的上賓。

此人用一種「專家」的眼光，賞鑑易紅霞的戲劇，已有近三年的歷史。特別的是：

在這三年之中，每年，他有一個特選的時期，好像被指定為「專誠看戲不作別用」的時期；在這時期之內，每每一連許多天，殷勤光顧這小劇場，一天兩次，幾乎從不缺席。但，這固定時期之外，你就用了千倍顯微鏡，也無法在這遊戲場內找到此人的影子。

這還不算特別，最特異的是：此人不來則已，來則必定占據著戲臺右側第一排的第四個位子。從第一次開始，到眼前為止，從不變更方向。即使進門之際，那隻位子已經被占，轉轉眼，你會發現他的大象，又復赫然雄踞於那隻選定的寶座中。奇怪呀！此人有什麼方法，能在這種地方取得一個固定的位子呢？並且，他有什麼理由，定要占據那個位子呢？

理由相當簡單：第一點，原來那隻位子，位於戲臺的邊緣，有一根柱子，擋住正面的視線，再加椅子又已破損，「坐」在上面「看」戲，「坐」，既太不舒服；「看」，又失卻效果，別一個人，誰都不願占據這位子，就是占據了，誰也不想「堅持」到底。這是他能獨占這寶座的一個外表的理由；第二點呢，那個位子，雖然看不清楚戲臺的正面，而從這一個側面的角度裡，卻能窺見後臺的一角；這裡清楚地可以看到那些「名角們」在「臺前」與「臺後」的兩副絕不同的姿態。這是他特選這寶座的一個內在的理由。

總之可笑得很！此人看戲，有時他似乎是攜帶著一副哲學家的眼鏡的。

而且，此人最初踏進這家遊戲場，其間也有一個有趣的經過；他和那位姑娘的初會，卻是在一輛特別擁擠的公共汽車中。

在我們這個「禮儀之邦」裡，公共車輛中對娘兒們讓座的美德，有一時期差不多已成為一種紳士們的必修課。一般的情形，只要那個被讓座的人，穿的是一雙高跟鞋，再附加一些明星眉毛與法國口紅之類的點綴，便已取得被讓座的初步資格；而更主要的是：那個被讓座的人，最好必須執有一張有力的「照會」——這是說上帝特賜她們在公共車輛中取得優待的一張特別照會——這樣，她們在任何一輛擁擠的車子裡，便都成了最幸運的驕子，譬如我們這位易紅霞姑娘，就因為照會相當有力，她在公共車輛中，便不時獲得這種客氣的待遇。

有一次，這位姑娘，搭著一輛二十一路的紅色公共汽車，準備上她的戲場。湊巧那是一輛非常擁擠的車子，她正被許多國產大力士，擠得喘不過氣來。其時，她身旁有一位穿西裝的青年俠客，向她看了一眼，立刻很慷慨地昂然站起，把自己的座位讓給了她。

照例，那些俠士們的讓座，似乎也有一個一定的公式：他們既讓他們的兩腿，盡下了一點不必要的義務，當然他們必須讓他們的兩眼，享受一些必要的權利。於是，這位俠士照例便像一頭守戶之犬那樣緊緊矗立在這位姑娘之前，專等收取他所必需收取的東西。

在這時候，如果我們這位姑娘，她能向這位慷慨讓座的俠士，送上幾個感謝的眼色，那當然會使這位俠士，得到一種鼓勵與安慰。

可是不幸，在平常，我們這位姑娘，原是很知好歹的一個；而這一天，她非但忘了向這位俠士道謝，她連正眼也不向這位俠士一看，而反把她的俏媚的眼光，緊射在另外一個人的身上。

（這情形真可氣！——連我（筆者）也在代他生氣了！）

那是一定的，那個被注意的幸運的傢伙，一定他的狀貌，比我們這位讓座的俠士，漂亮得多吧？

不！

當時易紅霞所注意的人，那是一個衣衫不會太整潔的人：那人穿著一件藍布大罩袍，披著一頭散亂的長髮。他把雙手一齊高舉，抓住車頂的銅梗，做成一種盤桿那樣可笑的姿勢。

那人活像一個轟炸機下的倫敦居民，似乎已有三晝夜，不曾獲得良好的睡眠，一雙失神的眼珠，也不像是開著，也不像是閉著，總之，現著極度疲倦的神色。顯著的一點，卻是滿面病容，看神氣，好像再過一秒鐘，立刻就要躺下的樣子。

由於九分的惻隱，加上一分的好奇，這使我們這位姑娘，感到大為不忍。好在她是從小練習過「蹺工」的，在這活動的箱子裡，暫時站上一二十分鐘，於她卻也無所謂。於是，她也仿效了那位俠士的慷慨的姿態，霍然站起身子，把她剛得到的位子，「無條件」地讓給了那個搖搖欲倒的傢伙。

那個病容滿面的人，陡見身旁有了一個空座，由於疲乏不支，他已不暇問這空座的來由，只在一秒鐘內，他以京戲班裡摔「殭屍」的勢子，猛跌進了那隻座位。

他的身子還未放穩，偶然抬起倦眼，方始發覺讓座給他的人，乃是一個女子，他的神情似乎有點窘；分明感到有點出乎意外了。他想把身子撐起來，但終於沒有把身子撐起來。連著，他向這位姑娘，較仔細地打量了一眼，忽而，他的疲憊的兩眼，突然睜得非常之大！一時他的視網膜上，似已通過了電流，而在恐射一種驚怖、疑訝與傷感所交織的情感的火花！

只見他的嘴角，開始微微顫動，一種呼喊的聲音，已經掛上了嘴唇，在這一瞬之間，顯然他已錯認了人。不過，他這緊張的情緒，在他臉上只維持了幾秒鐘，連著他向對方斜睨了最後的一眼，只見他的眼角忽又閃出一絲苦笑，像釋卻重負那樣的噓出了一口氣，漸漸地，他又恢復了先前那種疲憊失神的狀態；但雖如此，他還不時努力撐起倦眼，在向這位仁慈的姑娘，偷偷投送一種又像留戀，又像畏怯的異樣的眼色。

這可怪的傢伙，為什麼會有這種可怪的表情？我們不妨慢慢地談。

這裡，我先要請求讀者，千萬不要忽視了以上短短的一幕，因為，在上述這一個小鏡頭中，對街車讓座史上，確乎已開創了一個新的紀元；如果你是一個社會學者，那你也許會滑稽而鄭重地，誇張著說：這裡面，分明蘊藏一種社會革命的非常的意義！只是世上任何一件含有改革性的事，必然地會引起另一方面的不滿；你看最初那位讓座的俠士，他把兩眼瞪得那麼圓，顯然地，他對我們這位姑娘，怪她不該「慷他人之慨」，是在大大生氣了。

幾站路程一瞥而過，我們這位姑娘，已到達了目的地，便匆匆跳下了這公共汽車。她可全不知道，在這絕短的旅程中，她已做了一次社會革命的英雄；她更全不知道，當她下車之際，她的身後，已悄悄尾隨著一個人，而由此，竟使那座狹小的舞臺上，會展開了一幕意想不到的戲劇。

第六章　第四個位子上的人

在上述事件三天以後，那座小京劇場的戲臺邊，添了一位上賓；這就是前面所說的一直坐在第四個位子上的人。

如果這一節《一〇二》的故事，是一本電影，那末，在上述幾個主角之外，這第四個位子上的人，似乎也該列入一個重要配角的地位。因此，關於此人的狀貌，也有替他攝取一個特寫的必要。

此人個子相當高，生著兩個闊闊的肩膀；可是左肩扛而右肩坦，形成一個寫壞了的草寫「m」形。此人面色非常憔悴；常帶幾分病容。兩個眼珠，也顯得全無神采。從第一次看見，直到眼前為止，身上一直穿的是一件藍布大罩袍。

他有一種習慣，走路時，喜歡撩起兩面的衣胯而把雙手分插在那條永遠不見更換的西裝褲袋裡。腳上一雙方頭的皮鞋，其古舊的程度，似乎還帶有一些前半世紀的氣息。

他的另外一種習慣，無論在說話或沉默的時候，每隔兩三分鐘，他喜歡把頭顱向上一仰，而把紛披在額角邊的幾股亂髮，用力摔回腦後去。——這種姿態，遠在若干年前，好像曾在許多中大學生之間，流行過一個相當長的時期。自從司丹康與菲律賓頭髮在市上盛行之後，這種作風似已受了時間的淘汰。這一類的動作，如果呈露在一個青年人的身上，那好像很足以顯示一種青春的活躍；而不幸，上述的這位先生，他的年齡卻已接近五十歲的邊際，因之，他這一個習慣，便特別顯得醜惡而刺眼。

由於他的光顧的頻仍，由於他的狀貌的特殊，再加上最初在公共汽車中所留下的一番怪異的印象，不久，他在這小劇場裡，已成了易紅霞姑娘的相識；同時，他在這裡的後臺，也聯帶成了稔熟的嘉賓之一。

此人不但狀貌特別，他還姓著一個不很習見的特別的姓；他姓奢，單名一個偉字。——後臺有一名寧波龍套，把這奢偉二字，唸成了「所為」的聲音，每逢他光顧後臺，這一名寧波龍套便不自禁地會念出了「所為何來」的戲詞。

這位奢偉先生，在後臺群眾的輕薄的口舌間，擁有幾個背後的代名詞：由於他的言語動作，似乎處處帶有幾分傻氣，他們——連易紅霞在內——都稱他為「大傻瓜」；由於他狀貌的怪特與年齡的老大，再由於他和那位姑娘相當接近，而這姑娘的家內，恰巧又養著一隻「耆年碩德」的老花貓，於是，在後臺群眾向易紅霞打趣的時候，他又很榮幸地做了那隻老花貓的代表。

普通，在後臺走走的人物，大都帶有幾分輕佻的氣息；因為，不這樣，便不能取得環境的適應。可是這位奢偉先生的身上，除了傻氣，卻很缺少這種成分。「物以稀為貴」，「少見則多怪」，在這兩種原因之下，卻使後臺大夥兒的一群，不免感到了新奇；復由新奇感到了有趣，因此，他們對這一個大傻瓜，大都很表示一種「另眼相看」的歡迎。

奢偉先生具有一個沉默的性情。他自和易紅霞相識以來，從不向她問長問短；也從不向她說東道西。在近三年的時間中，他似乎一直只以一種藝術家賞鑑名畫的眼光，賞鑑著這位姑娘。

至於易紅霞呢，除了知道這人叫做奢偉以外，卻從不知道這個傢伙，是個什麼來歷？雙方自相識以來，她卻一直只以一種頑劣小孩播弄玩具似的心理，對付著這一個傻氣而又有趣的人物。

筆者時常懷抱一種疑念：世間有許多所謂捧角家，他們往往傾其吃代乳粉時代所獲得的全力以捧一個女伶，他們張掛著鮮明的旗幟，說是欣賞藝術。喂！讀者，你們相信嗎？難道他們除了欣賞藝術之外，真的別無其他的作用嗎？筆者以為這一個微妙的問題，除了那些女伶本人以外，也許，誰也無法取得親切的了解。

至於這位易紅霞，她在八九歲上，她就學了戲；在十二三歲的童年，她已踏上了戲臺；積十多年的唱戲的經驗，她當然很了解每一個接近她的男子的心理；可是，饒她非常聰明，而對於這位奢偉先生的意向，卻簡直是整個的不了解。

你說他是專為看戲而來看戲的吧？那末，唱戲的人，並不止自己一個，他為什麼專對自己那樣的注意——甚至在某種地方，好像還帶著一點戀戀的意味——呢？

你說他並不是專為看戲而來看戲的吧？那末，他像磁鐵那樣黏住在這小劇場的圈子邊上，畢竟又有何種的企圖？——奇怪的是：在這近三年的過程之中，他似乎從不曾提起腳尖，向自己走近過一步；最初相識的一天，對自己站著怎樣的距離，到眼前為止，還是站著怎樣的距離。總之，說他專為看戲而來，他實在不像專為看戲而來；說他不像專為看戲而來，他實在又很像專為看戲而來的。

而且，你說這人有點傻，但有許多地方，可以看出他並不傻；而你若說他並不傻呢，卻有許多地方，他卻簡直傻得厲害。

在上述的情形之下，一個有趣的「瓜」，分明已一變而為神祕的「葫蘆」。這使我們這位姑娘，和他相識越久，而對他的心理，簡直有些越弄越不懂了。

人類畢竟是一種好奇的動物：世間有許多男子，往往因為猜不透一個女人的心理，而對這女人，特別引起了興趣；男子如此，女人或許也不能例外？由於這大傻瓜的態度，是那樣的神祕莫測，卻使我們這位姑娘，同樣地引起了微妙的興趣。於是，在一半好玩與一半好奇的心理之下，她常常用一種話，故意挑逗著他。

「喂！奢先生——」有一次，她曾向他這樣試探：「我在臺上，你幹嘛老是那樣死盯著我？」說話的時節，她把一種含媚的眼光，熱烈凝注著他，等待他的回答。——這一次，她似乎準備把她眼角中的無限的熱力，去銷毀對方鐵打成的心潭，而探索出其中的祕密。不料奢偉的臉上，卻是毫無表情，他只很簡單地回答：「我在看戲吶。」

「看戲？我知道。可是在臺上唱戲的，不止我一個。你對別人，可並不如此吶。」這位姑娘進一步地追問。

「因為……」他有點吞吐。

「因為什麼呢？」她緊逼著。

「因為——我只愛看你的戲。」他的語聲，好像挾著一股北極的寒流；臉上依然毫無表情。

「那末，我在臺下，你幹嘛也老是那樣死盯著我？」這位姑娘，存心發動了她的磁鐵戰術，只顧死守著一個據點，而向對方做更進一步的猛攻。

「我也愛看你這人。」耆偉沉著臉，爽脆地回答。

「可真怪！我這人有什麼好看的？」她笑了起來。她暗想：「好吧，畢竟招認出來了。」

「不管好看不好看；我愛看。」

「照這樣說，你是愛上我了吧？」她本著她的一貫的頑皮作風，赤裸裸地跳出了戰壕，而這樣說。

「愛上你?誰說的?我沒有這樣說過呀!」這大傻瓜白瞪著眼，顯然表示否認。

談話至此，分明已無法繼續進行。但，我們這位姑娘，卻還不肯放棄她的戲弄，停了停，她又變更了一種進攻的路線。

這時，她的眼光凝注在對方左手無名指上的一個指環上——那是一枚鯉魚形的指環，式樣非常特別;也不知道是金質製成的?抑或是銀子鍍上金的?或者竟是銅質的?——她暗忖:「像這樣一個怪模樣的人物，也會有人給他當媳婦兒嗎?」(據她稚氣的心理，好像以為凡是年貌老醜的人，那就不該有妻子似的。)這樣想著，她忽然很稚氣地問:「喂!耆先生，你結過婚沒有?」

這被審問的大傻瓜，向她看看，搖搖頭。

「那末，讓我嫁給你，好不好吶?」這頑皮的姑娘，她以一種黏膩性的眼光，誘惑似的黏上了對方那張蒼老的臉上，可是，那枚大傻瓜的臉上，還是那樣絲毫沒有表情。

「嫁給我?好吧!」他鎮靜地這樣說:「可是，我並沒有愛上你!」

一場小小的試探戰，結果，雙方依舊退回原有的防線;而我們這位頑皮的姑娘，卻依舊無法攻破對方堅固的壁壘。

在這小劇場的後臺，易紅霞一向出名，她是性情有點特異的一個。而這一次，這一個性情有點特異的賣藝的姑娘，她卻遇到了一個性情有點特異的捧場者。不久這很特異的一對，不期而然竟雙雙投進了一個非常特異的漩渦。可是這裡必須宣告：他們以後所演出的，卻絕對不是普通男女所演出的刻板的戀愛故事。

說來有點奇怪，我們這位姑娘，在她二十五歲的生命中，似乎從不曾對任何一個男子，發生過真正的好感。但她對這一個又老又醜又怪特的大傻瓜，除了多方戲弄之外，好像頗有一點例外的垂青。不勝榮幸之至！在這近三年的認識的過程中，這大傻瓜，曾被這位姑娘邀到家裡去過三五次；而每一次的被邀請中，卻都有一種小小的有趣的演出。

譬諸電影，這也算是正片以外的幾張副片吧？

記得第一次，這天真而頑劣的姑娘，她就向這初次登門的貴賓，頑劣地要求著說：

「哎！地下那麼髒！耆先生，能不能勞您駕，就給掃一掃？」

我們這位姑娘，她始終以為每一個接近她們的男子，都抱著一種相同的意念，因而當她向這所謂傻瓜，提出這請求時，她也始終帶著一個殘酷的探試的心理，她在想：

「如果你能嚴厲拒絕我這要求，那我才承認你，是一個真正的正人君子咧！」

奢偉先生接到了這一個頑皮的命令，起先他皺皺眉，準備拒絕的話，似乎已送到了喉嚨口。可是在一秒鐘的沉吟之內，他終於默然演出了《空城計》中的「老軍」的姿態。他以一種非常斯文的姿勢，拈著那柄掃帚，像畫圖那樣的在地下畫著。結果，他終於喘吁吁地，完成了他這「重大使命」！成績似乎不壞呀！他所掃的那片地，比別人掃得乾淨得多！

又一次，易紅霞皺皺她的天然的纖眉說：「哎！絲襪的統子又破了。沒人給補，自己又不會拈針，要命！」她雖沒有接續她的下文而說：「奢先生，能不能勞您的駕，替我補一補？」可是，她的一雙有力的眼珠，卻緊緊射在這位奢先生的憔悴的臉上。

這一次，這位太好說話的來賓，終於又負擔了這一個更艱困的工作。依著這位姑娘的頑皮的心思，以為這一次的課題，決定會難倒了他。單看他把絲線穿過那枚針孔，卻已費了一個用繩索穿過一頭水牛鼻子似的力！可是，他在經過一番「埋頭苦幹」之後，畢竟又把這個難題努力地交了卷。

這位姑娘拿起襪子來一看，只見他的補綴不依成法，而完全用的是一種特創的方法；但補綴得卻相當堅密，論成績，很可獲得八十分以上的嘉獎。

從以上的兩件事上，可以看到這位先生的聰明與馴良；同時，他的傻的程度，於此，卻也可以見到一個大八成。

至於最後一次的演出，那是特別有趣了。

記得，那是在一個摩登女子脫掉襪子上街的季節。易紅霞從戲院子裡下了場，她又牽馴羊似的把這奢偉牽了回去。

到家裡，她脫掉了她的旗袍，只穿著汗衫與短褲，赤裸著她兩條肉感的大腿。

這頑皮的姑娘，向這照例默坐無語的傻瓜看看，忽然，她又想了一個播弄他的新鮮的方法。

她抹抹汗，嘴裡嘟囔：「天氣那麼熱，今天的戲，可真累夠了我！」說著，她挨向這傻瓜的身旁坐下，把她的兩腿，滑膩地擱到了他的腿上，一面說：「對不起，奢先生，替我捶捶腿。」

讀者須知：一個在小團隊裡鬻藝的女子，對於男女間的普通的界限，一向看得無所謂。即使像易紅霞那樣一個實際並不浪漫的女子，她也沾染上了這種習氣，而主要的是，她這放浪的姿態，始終只是一種頑皮的演出，卻並不真正含有挑逗的作用。可是這一次的課題，卻難壞了我們這位傻氣十足的老孩子。

當時，只見他的眉毛，皺得比以前兩次更緊。他的醜惡的嘴唇，一連牽動了幾下。看樣子，他幾乎要提出「強硬抗議」了。而最後，他還是默然接受了這要求。

他的態度非常可笑，他從身畔掏出了一方手帕——這手帕是那樣的小——他把這小手帕，掩蓋住了這赤裸的大腿的一部，然後舉起拳頭，輕輕捶在這一方小小的地盤上；他的拳頭，彷彿黃梅季節的雨點，僅僅灑落了幾十點，立刻，他便吝惜似的停止了。

「嗯！行了嗎？」他緊皺著雙眉這樣說。

這時他的態度，簡直嚴肅得像一個站在神壇之前面對上帝的牧師。他把他的兩手的指尖，畏縮似的輕輕推開那姑娘的兩條腿；看情形，好像這大腿上面是塗滿著烈性的鏹水，稍微沾著點，就會使他的指尖，立刻腐爛似的。

總之，這一次的成績，比著上兩次的掃地與補襪的成績，是顯得特別的壞。

第二天，這天真而頑皮的易紅霞，把他這種劣等的成績，在後臺當眾一宣布，引得後臺的大夥，都哈哈大笑；甚至有人，連眼淚都笑了出來。

自這一天為始，這一位怪特的傢伙連續著一個好久的時期，不復再見於場子裡的第一排第四個的位子之中。他似乎因這隔日的侮辱而生了氣。

那個濃眉毛的武生金培鑫，他是一個製造酸素的專家。平常，他對任何一個接近易紅霞的男子——無論是同道或是捧場者——都不表示好感。例外的，唯有對這位有趣的奢偉先生，卻始終毫無敵意。他常常向他點頭，招呼他到後臺去玩。

前面說過：奢偉先生每年似乎有一個固定的時期，一連許多天，每天光顧這遊戲場；而每三次的光降，必定要到這狹小而淩亂的後臺去，閒逛幾分鐘。

他的進入後臺，也有一種刻板似的方式：每次，他都是趑趄地站在後臺的出入口，必待有人，向他點點頭，或是向他笑笑，他方始像領到了一張許可通行的證書；如果那位易紅霞姑娘，親自向他微微一笑，那他更像接到了一張光榮的請柬。

下一天——那個小女孩子報告：「那個傻瓜又來了。」的第二天——我們這位有趣的奢偉先生，他在那隻「包定」的位子裡坐了一會。照例，他又雙手撩著他的藍布大罩袍，趑趄地走向後臺的出入口，默默地期待著那恩典的頒賜。

可是，他白費了一個相當長的期待，非但沒有得到那張特殊的「請柬」；甚至，他連一紙普通的「派司」，也不曾獲得。他在這一個凌亂而狹窄的地點，看到了一個以前從未看到過的特異的情形。

第六章　第四個位子上的人

第七章　第一百〇二槍！

這裡面，似乎有些小小的糾紛在進行著。

奢偉先生努力捽著他的亂髮，他從門口裡面張望進去，只見，在屋子的一隅，他首先望見那個已上了裝的易紅霞姑娘，正自低頭默坐而垂著淚，淚痕把她靨上的脂粉劃出了人生歡愉與悲哀的疆界。她的嘴唇微微顫動，似乎在努力吞嚥下人世的無限辛酸，而只是咬緊牙關，默默地不發一言。

在淩亂的另一隅，那個紅滿前後臺的武生金培鑫，兩條粗而濃的眉毛，豎得像一架救火梯子那樣的高！只聽他在咆哮著說：「我們要不挽著手臂，同上大酒樓的禮堂；我們就挽著手臂，同上殯儀館的禮堂！」

有好些人，帶著滿臉特異的神情，都在紛紛議論。

內中的一個人，用著一種緩和而小心的口氣，在說：「快要一年啦！這也難怪金老闆。」

另有一個人說：「易老闆也有易老闆的難處，耽待她一點吧！」

第三個人插口說：「今年總不至於再會有變化，耐心點，反正你們總是好來好去的。」

奢偉先生生平，似乎具有一個不愛預聞閒事的特性。他在這小小的後臺走動，雖已有了近三年的歷史，但他從來不曾打聽或參與過這後臺的任何一件閒事。因此，他對眼前這一個小小的紛亂，卻也完全猜測不出，這是一種何等性質的紛亂。

他把頭髮向腦後一捽，趑趄地，準備離開這地點。

在後臺一群混亂的群眾中，有一個棕色圓臉的西裝青年，這人似乎相當面善，但身上的色調，又不像是這裡團隊裡的人。只見此人向他牽動著嘴，好像有向他招呼的意思，但結果，這招呼終於沒有打出來。

奢偉退回前臺，他的心愛的位子，卻已被人所占據，他無聊地走出了這嘈雜的京班戲場。

走出京班戲場，有一大圈欄杆，攔著一片士敏士的地，這是一個圓形的溜冰場。在沙沙的鐵輪聲中，有技術相當高明的業餘溜冰家，有勤於練習跌觔斗的初試的勇士，更有幾位國貨「宋雅海妮」，在藉此而賣弄她們全身多方面的曲線。

距離溜冰場數位以外，一個以骰子賭彩的小攤子上，有一個肥胖的人在高喊：「嘔！勞萊，頭彩！嘔！七彩！嘔！伍彩！嘔！來看看！」

這胖人的喊聲，較之我們希特勒先生站在麥克風前向整個世界播音時的聲音更興奮！——呵！這簡陋的「蒙脫卡羅」型的都市，隨處在以賭博的方式，引誘無知的廣大的一群！

再走過來，一帶狹小的前臺，攔成一個狹小的部分，這是一個氣槍打靶的所在。離櫃子幾尺地位，有一方玻璃鏡，上面畫著五個彩色的圓圈，約有飯碗大小；每一個圈子的裡層，有一枚銅元大的紅心，這是打靶的目標。

這裡打靶的方法，用一種裝有橡皮頭的細竹竿，插進一支短短的氣槍的槍口裡，那細竹竿上的橡皮頭，特製成杯子形，向前打去，便能吸住在那玻璃上。如果你能打中那五個彩圈中的任何一個紅心，那你便算中彩，而能獲得一些櫃子裡陳列著的花花綠綠的小玩具。

這似乎是這整個的遊戲場中，唯一的較有意味的遊戲了。

這時候，這一座袖珍演武廳前，有一小堆「尚武」的人們，包括參觀者與演習者，在圍繞著看熱鬧。一個年約十二三歲而衣衫不很整潔的孩子，手執氣槍，正自用心地在應試。很不幸吶！不知道是這孩子的命運不濟呢？抑或是他的手法不行？只見一連打了好幾槍，結果，他並沒有獲得這玻璃櫃子裡的半件獎品；而只獲得了許多沒有殼的鴨蛋。於是，我們這位落第的小英雄，只能抹抹汗液，自動繳下了械，而處於在野者的地位。

奢偉先生在人叢裡站了一會，他向那個吃鴨蛋的孩子看看，他的失神似的眼珠閃動了一下，似乎已引起了他一時的高興。只見他把頭顱一扭，甩動著額部的長髮，卻從藍布大罩袍的插袋裡，掏出一張紙幣，拋上這前臺；他回眼向這身旁的孩子說：「小兄弟，讓我打給你看。」

說話之間，櫃子裡的人，已把一枚竹竿替他裝在槍口裡。奢偉有氣無力地舉起這氣槍，他一面以一種很不經意的樣子，向著正中一個彩圈中的紅心略略一瞄；一面他皺皺眉，嘴裡發出輕褻的聲音，咕噥著說：「這距離太近，打一百槍，會打中一百〇一槍！那沒有多大的趣味！」

由於他的話，說得過分誇炫，卻使四周許多道的驚奇的視線，不期而然都集中到了他的槍口上。

「啪——嗒！」奢偉的手指鉤動機鈕，一槍打了出去。

喂！打中了嗎？

論理，他的話，說得如此驕傲，這初試的第一槍，當然是必中無疑啦！可是不幸之至！他這一槍，非但沒有打中紅心，甚至他的成績，還不及那個落第的小孩；因為那個小孩，雖沒有取得錦標，至少有一二槍，卻已接近這彩圈的裡層。至於奢偉所發的這一槍，很可憐！卻只打中了彩圈的最外層。——總之，那枚竹竿和這彩圈的關係，只像一個站在賽馬場外看賽馬的人。

「譁！」四周的笑聲鬨然而作。

笑聲中有一個人在冷酷地問：「咦！怎麼第一槍就沒有打中呢？」

「就因為是距離太近啦！」另一個人刻薄地回答。

「不！這是第一百〇二槍吶！」第三個人附加了更尖刻的一句。

一件絕對細小的遊戲的事，原該不會招致什麼嚴重的後果；可是，由於奢偉的驕傲而大意，立刻使他吃到許多軟性的流彈。一時他的蒼白的臉上，不禁浮上了一些難堪的紅暈。

這時，第二槍又在他的手內徐徐舉起。為著上面的教訓，卻使他這第二度的瞄準，不得不較為鄭重一點。

他的執槍的姿勢，相當熟練而美觀。當時眾人的心理，以為他這第二槍，該是無論如何也不會不中了。不料，在那枚竹竿將放射而未放射的瞬間，他的眉心陡然一蹙；同時他的執槍的右臂像痙攣那樣微微地一震：手中的槍口便也隨之而微微震顫了一下。

「啪——」

一槍又從他震顫的槍口迅捷地射出。

「嗒——」

許多條視線迅速地跟隨那支竹竿而落到對方的目標上。

呵！這一槍的成績越發不行了！

如果把對方的彩圈，比作跑馬廳的圈子，那末，他這一槍，簡直已放射到了新世界的大門口。

眾人又是鬨然一陣狂笑。

「難道這又是第一百〇二槍？」有人這樣發問。

「不對！因為距離太近，所以特地打得遠些！」有人這樣回答。

「哈哈哈哈哈！」

人叢裡的笑聲，像暴雨那樣向奢偉身上猛烈地飄灑過來——這笑聲也吸引住了更多人的腳步。

由於身旁難堪的譏刺，幾乎使這位奢偉先生惱羞成怒。他把他的臉，一連向後幾仰，使勁甩動披散於額角間的長髮；他好像要借這一種小動作，宣洩心頭的羞怒。

這時，櫃內的人，又把第三支竹竿，替他裝入槍口，一面向他提出善意的指導：勸他把槍口放得低些。奢偉不理；笑笑。只見他把氣槍換到左手，卻向櫃子裡的人說：

「我要閉著眼睛打。我只管打，你只管裝，要快！」

說時，他又舉起失神似的眼珠，依然不經意地向前看了一看，立刻便把眼珠緊閉了起來。「呵！睜大了眼珠打不中，閉緊了眼倒會打中嗎？」可是眾人這種譏笑的聲音，還不及發出，只聽「啪——嗒！」一下，奢偉睜眼一看，只見左手的第一槍，已不偏不倚，打中了中間的紅心。

「啪！啪！啪！」櫃子裡的人，接連替他裝了三槍，他一連打中了三槍。他沒有再睜眼，可是他的臉上，很有一種把握，似乎並不需要睜眼而知道他所發的槍，每槍都已中鵠。

這「啪啪啪」的三響，塞住了眾人喉嚨口的嘲笑聲。

「啪！啪！啪！啪！」接連又中四槍，他依然沒有睜眼。

四周的「人圈」，像一枚蜂巢那樣越造越大。每一個人的臉上，都沾染上了驚奇的顏色。

那個站在櫃子裡面替他裝槍的人，感到有些呆怔，但，他並不是因為吝惜他的獎品而呆怔。

「啪，啪，啪！啪，啪，啪！啪，啪，啪！」

槍聲連續不斷地在奢偉手內響著。他一連打中了十八槍。每隔三四槍，他才微微睜一睜眼，考察一下他的成績。他所發出的每一槍，幾乎都像是用密達尺量過了那紅心的邊線，然後把那竹竿上的橡皮杯子不差一絲地吻合上去的！他在預備發出第十九槍時，忽然他又改變了一種發槍的方式。

人叢中有人在用一種興奮的聲音，又像督促，又像喝采似的高喊：「不要睜開眼！閉著眼睛只管打！」

可是奢偉像疲倦似的抬了一抬他的眼瞼，他把這第十九槍的槍口，向對方那個疊連打中了十八次的居中的彩圈重複約略一瞄；一面他的視線，卻在那座玻璃鏡的右角飄了一下。

「啪嗒！」第十九槍隨著他眼瞼的低垂而發出——這輕車熟路的居中的一槍，無疑是必然打中——接連著，他忽把手中的槍桿一側，那槍口便失卻了原來的準鵠，而形成了一個很顯著的仰角。

「啪——」就在這槍口一側一仰的瞬間，第二十支竹竿隨之而迅捷地飛出。眾人以為他這一槍，一定又要歸納進「第一百〇二槍」，剛自轉念，只聽「——嗒」的一聲，許多條的視線，隨著這聲音而向玻璃架上看時，只見這最後一支竹竿，卻飛向了右側上角的一個彩圈中間，正像一株風雨中的花枝那樣在那裡搖搖地顫動；再看那竹竿頭上的橡皮杯，又是不差一絲地和那圈子裡的紅心在接著熱吻！

「好——呀！」一陣春雷似的鼓掌，間雜著一陣秋潮似的呼喊，合併成一個巨大的聲浪，無可遏阻地從人叢之中噴湧了出來！

這時，連天空裡也送來了一陣熱烈的鼓掌聲。

呵！難道有人會乘了飛機而把掌聲送來嗎？請讀者暫緩駁詰。這是有理由的。原來，在這一片廣場之上，四周築有架空的天橋，天橋上有許多人，居高臨下，也在參觀這熱烈的一幕。他們看到第二十槍上出奇的一擊，卻都不自禁地送下了一陣欽佩的表示。

第八章　一〇二的圖畫

在高空許多觀眾之中，有一個人憑欄看出了神，也在隨著大眾而熱烈地鼓掌。可是，此人的兩手，僅僅開合了二三次，忽然，他的一張康健色的小圓臉上，驀地浮上了一種特異的神態；只見他的雙眉略略一軒，分明在這片瞬間，他已引起了一件什麼重要的心事。只見此人掉轉身子，立刻匆匆離開了人叢。

再說，這裡奢偉在震耳欲聾的喧嚷聲中抬著他的倦眼。他把額際的亂髮，照例又向腦後甩動了一次。他輕輕放下了左手中的氣槍。只見櫃子裡的那個傢伙，瞪著驚奇的眼，正把一小堆應得的獎品，推到他的身前。那個傢伙因虧本而發生的沮喪心理，似乎整個已被一種驚奇的情緒所掩住。

奢偉舉起無神的眸子，望望那些紅紅綠綠的玩具，一時似覺無所措手。回眼一看，只見即刻那個失敗的小英雄，卻還緊擠在他身旁，在向他投射一種驚奇而兼羨慕的眼色。於是他眨眨眼有了主意，他指指前臺上的玩具，向這衣衫不整的小孩說：「這是你的獎品，為什麼不收下呢？」

說完，他不顧這小英雄的驚疑無措，撈著他的藍布大罩袍，掉轉身子，便穿出了許多視線組成的密網。

這時，有一大束異樣的眼光，還在遙送他的背影。

這一個沉默而怪特的傢伙，離去了這打靶的地點，他緩緩踱進了前面的彈子房。在一個鋪綠呢的臺子前，只見一個西裝筆挺的人，一連舉了三次彈棒，卻並不曾獲得可憐的一分。他搖搖頭，打消了參觀的興趣。

彈子房外，露天設有幾隻木條鐵腿的長椅，式樣相等於公園中的椅子。奢偉揀著一隻椅子坐了下來。

這椅子的一端，已先坐著一個人，那是一個狀貌粗蠢的短衣的漢子。兩條刺著花的手臂間，捧著一張報紙，正自斯文而費力地，在把報上最大號的字，逐字用心誦讀出來。一看，此人所讀並不是報上的新聞，而是一家菜館的開幕廣告。

奢偉把眼光飄向這報紙的另外一角，只見這張報上，有一個特大的標題，刊著：——「菲島最近神祕的醞釀」這幾個字。

我們這位奢偉先生，生平對於什麼「國際動態」，或是什麼「政治新聞」，他都不感任何興趣；而且，他再仔細一看，這短衣人手中所讀，並不是當天的報紙，而是一張數天以前的舊報。

奢偉把他的視線，從這張「非青春的報紙」上收回，他又很無聊地閒望著別處。這裡的長椅，每兩個設為一組，卻是椅背對著椅背放在一起。在他的身後，有兩位熟悉時事的先生，正自提高了嗓音，在發表他們的廣博的見聞。

內中一個人說：「喂！你知道嗎？最近那個魔鬼差一點就要進網。」

「你說的是那個神祕的傢伙嗎？」另一個人說道。

「這一次，有十五個人四面包圍著他。結果，依然被他在警探們的指縫中漏了出去。」第一個人興奮地這樣說。

「聽說他在肩膀上吃到了一槍。」第二人的聲音。

「這是吃了他的『三不主義』的苦」。

「什麼？」

「你不知道嗎？他的三不主義之一，就是永遠不用手槍。」

「聽說這傢伙的槍法非常高明。依據許多人的傳說，簡直有些近於神話。但他為什麼不喜歡用槍呢？」

「如果他要用一用手槍，哼！十五個人，再加上十五個吧，別想近他的身！」

這背後的兩位時事評論家，越談越起勁。

「哎！真倒運！」奢偉心裡這樣暗想。今天他似乎已交了一個「背時」的命運，碰來碰去，會碰到一些「冰箱裡的新聞」。即刻剛看到一張報，那是一張幾天前的舊報；現在，聽到了一件新聞，卻又是一件一星期前的陳跡，他覺得有點可笑。於是，他又撈起他的藍布大罩袍，把雙手插在他的舊西裝褲的袋裡，站起身來就走。

他向這遊戲場的大門口走去，他的頎長的影子，掠過了幾座奇形的鏡子，在一種無聊的情緒之下，正待舉步出門。猛然間，他聽得有一個急驟的聲氣，在他身後高叫：

「先生！等一等！」

旋轉頭去看時，他立刻認出那個叫喚他的人，正是即刻那個打靶失敗的小英雄。奢偉站定了步伐，只見那個小孩攔在他的身前說：「謝謝先生，給了我那麼許多東西。」

「沒關係！」奢偉掉轉身子想走。

「先生，你掉了東西，有一位先生撿著了，讓我來送還你。」

奢偉想說並沒有丟掉東西。可是那個孩子，只把一張摺疊著的紙片，送進他的手內。奢偉不及說話，眨眨眼，那個小孩，已消沒在那蟻陣似的人叢中。

這一件突如其來的小事，使他感到有些困惑。他且走且自展開這紙片，這時他的身子已走到了這遊戲場的出入口，他方始看清這紙片，是從一種拍紙簿上揭下的一頁。咦！奇怪呀！這紙片是用鉛筆畫著一張很奇怪的圖。有一點非常顯明：看這圖畫的筆調，分明畫的時候，出於非常的匆忙，那是一望而知的。

這撕下的一頁拍紙上，橫列著一些很神祕的東西：正中，草草畫著一個不整齊的三角形；左邊的邊角，一旁註著一個英文字母「A」字；右角，注著一個「B」字；在頂角上橫列著「102」三個阿拉伯的數字，這數目之後，加有短短的一畫，而連著一個英文字母「D」字。三角的中心，畫著一個小圈，圈子裡，寫著「LC」兩字，各各附有一個小點，略如西文中表示縮寫的方式。

總之，以上種種，很像一個幾何學上的圖案。

此外，紙的左邊上方，畫著一個鏤空的曲尺形的東西，粗看，簡直不懂這是什麼玩意？經過一種揣摩以後，方始看出這東西，算是一支簡陋的手槍；在這簡單的手槍的槍口，伸出了一條略向上仰的虛線，虛線的盡頭，有一枚小小的箭形符號，那箭頭恰好指著這「102」的三個數字。

紙片的另一部分——下角，另書著「2，」、「26，」的數字，這很像是一個「日期」的樣子。

（為使讀者醒目起見，這裡，筆者特將那張高明的圖畫，照式描繪一幅。——好在這並不是一幀 Rembrandt（荷蘭名畫家）所畫的作品，即使像筆者那樣並無圖畫經驗的人，摹寫起來，那也並不感到費力的。）

奢偉把這怪圖，拿在手裡細看了一看，他完全不明白這一張神祕的紙片，算是一種什麼玩意；而主要的是，自己根本不曾丟掉過這樣一張紙片，那個小孩子，怎麼無端會把這東西送還自己，而說是自己所掉下的呢？

當他這樣想念時，他捽動了一下亂髮，方知自己已離開了這遊戲場的出入口。為要向孩子說明誤會起見，這使他不得不重新買了門票，而再度進入這遊戲場內；他準備找到那個小孩而告訴他：這紙片並不是他所掉下的。

可是，在這樣像一個搗亂了的蜂巢似的地點，你要找尋一個不知姓名的孩子，當然感到相當的困難。他在樓上樓下一氣兜了兩個圈子，不見那個小孩的蹤影。沒奈何，他只得把這紙片摺疊起來暫時揣進衣袋。結果，他無聊地再度走出這遊戲場。

奢偉回到了他的隱僻而簡陋的寓所裡。

當夜，橫到了床上，他還在想著那張好像飛來一樣的神奇的畫圖。他把那些「ABCD」的字母，和那「一〇二」等的數字，在腦海裡默味了許多遍，結果，卻依舊想不出究竟這是一種什麼玩意。

可是他想起：那個孩子在交給他這張紙片的時候，曾這樣說：「先生，你掉了東西，有一位先生撿著了，讓我來送還你。」

於此，可知這一張紙片，卻是由另外一個不知誰何的人，差遣那個孩子，把它轉交給自己的。這裡要問的是：這紙片誤交在自己手裡，還是那個不知誰何的人，錯認了人呢？還是這被差遣的孩子錯交了這紙片？

他又想起：他取得這張神奇的紙片，是在一時高興而打了幾槍氣槍之後；而這怪紙片上，恰巧畫著一個手槍的圖形，由於這一點，好像有些聯帶而又好像並不聯帶的關係，會不會那個不知誰何的人，原意正要把這紙片交給自己而並沒有弄錯呢？

從好幾方面想來，這一種揣想，似乎很有相當的可能性。

那末，那個人，知道自己是誰嗎？

那個人是誰呢？

那個人特地把這紙片送進自己的手內，其間具有何等的作用呢？

而更主要的是，這怪圖畫的內容，又含藏著一種什麼祕密呢？

以上都是可供探索的問題。

只有一點，那很顯明，就是：這怪圖畫上，明明畫有一支可怕的手槍，正以一種直線的姿勢，攻擊著那個「一〇二」的數目字。總之，一支手槍，絕不會表演出一件使人感到欣喜的戲劇來，那卻是無疑的事！那末，也許，這數字後面的一個「D」字，或竟代表著「危險」（danger）一字的字樣，也未可知呀。

然而，這所謂危險，於自己有何關係呢？

那個「一〇二」的數字，又是什麼東西呢？

以上，又都是困人腦筋的問題。

由於腦殼裡被放進了一層濃厚的煙幕，這一夜，我們這位奢偉先生，他並不曾獲得一個像平素一樣安穩的睡眠。

直到第二天上，他還在想著這件事。

第九章　八打半島的戰事

這一個沉默而怪特的奢偉，他是一個非常喜歡用腦的人。而且，他的生活的狀況，也相當奇特：在他忙碌的時候，他會比一個受命組閣的大臣更忙；而在他空閒的時節，他簡直比枯廟中的瞌睡著的泥偶更閒；他似乎確能體會人生的真諦：因為能忙，所以也能閒；因為能閒，所以也能忙。

恰巧這一時期，他又臨到了充當泥偶的時期，因為閒得發慌，所以腦子更易活動。一連好幾天，他苦苦思索著這一個似乎相干而又似乎不相干的怪問題，結果，卻因這問題太無把握，而依然一無所獲。

他曾為此而特地再到那遊戲場裡去，想找那個孩子問問究竟。但結果，也只白費了一些買門票的錢。

於是，這事情便擱了淺。

為那紙片的事件，於他似乎並沒有什麼直接的影響；而且他想：也許，這紙片或許竟是誤交進自己手內的，似乎犯不著因之而消耗寶貴的腦細胞。由於以上兩種理由，他把這事，漸漸拋到了腦後，而幾乎要整個地忘卻了。

可是，筆者卻不允許他忘卻咧！如果他真忘卻了，那末，筆者這已寫成的半篇故事，將用什麼方法結束呢？

有一天，奢偉為要處理一件要事，他以一種急驟的步伐，在一條熱鬧的馬路上直闖——這裡需要說明一件事：這一天的奢偉，軀體固然還是奢偉的軀體，而形貌卻已不是奢偉的形貌。他所顯示的年齡，只剩了三十左右，多餘的歲數，好像暫時已寄存進了保管庫。他的眼珠不再失神；他的頭髮不再散亂。他的腳下，每一步路都在踏出得意的響聲；原因是，他像那些暴發財主一樣，已脫卻了「被人輕視」的藍布舊罩袍；而換上了「輕視人家」的畢挺的新西裝！

他的神氣，也不再閒得像冷廟裡的泥偶，而變成了受命組閣的大臣那樣的匆忙。

這天，他為急於處理一件要事，他以一種「旋風式飛機」的姿勢展開大步，在一條熱鬧的馬路上前進。其時劈面人叢之中，捲起了一小朵的浪花，那是三四個報販，個個抓住著一小疊紙片，在怒湧過來。內中有一個被煙火燻熟了的嗓子喊嚷得最起勁；隨著他的加足電力而鼓動的兩腿在怪叫：——

「嘔！要看——剛剛出版——號外來哉！菲律賓群島出毛病呀！」

前面說過：奢偉對於任何國際性或政治性的動態，他都不感興趣。但這時，他在這好像被一陣旋風吹捲得飛舞過來的另外的一角間，看到了半個特大的標題：——

「八打半島……」

那整個的句子，至少下面還有三五個字。他沒有看清楚。但，單這四個字上，已好像附有一枚小鉤子而在他的某一條腦神經纖維上面輕輕地鉤住了。可是他自己當時卻沒有覺得。

「八打半島」，這字樣，最近的幾天，似乎常在他的眼前浮漾而撩拂，這地方也許很重要，於國際形勢的發展，有相當大的關係吧？當時他腦海裡，曾有這樣的意念在一閃。

說起來很可憐！我們這位奢偉先生，在過去，他還是一個大學生哩！可是他對於世界地理，其知識的貧乏，足可傲視眼前「一般的」所謂大學生而有餘。他對於這「八打半島」四字的認識，只知道在這地球上面，有一個「半島」，名字叫做「八丹」，如是而已。除此以外，這地方是在亞洲或是歐洲，美洲或是非洲；是大，是小；是方，是圓；像一柄茶壺，抑或像一塊巧克力糖，他完全一無所曉。

其實，單隻一個地名，還是最近從別人牙縫裡漏下而在無意之中撿拾起來的。更有趣的是：最初，他聽到這名詞，他把「八丹」——「半島」的方式，誤認為「八丹半」——「島」。到眼前，他雖已糾正了這可笑的錯誤，而有時偶然看到這四個字，他依然還留著最初的印象；很有趣地記住著：——

「八打半」——「島」！

總之，他的一向嫌著空間擁擠的腦球裡，並不願意留意這些事。

這天，他把他所急於要處理的那件要事，匆匆處理完畢。歸途中，他在一家百貨商店的樣子櫥窗裡，看到一種廉價的小東西，想購買而不曾購買。

晚上，他恰巧想要使用白天所見的東西，他對自己的懶惰有點懊悔。他還記得那種貨物上，用一枚小紙籤，標明著價格，寫著：$60·per dozen 的字樣。

無聊中，他在無意識地計算著那種貨物的每一件的價值。正計算間，驀地，他的腦內忽然觸起了一種特異的感覺：好像有一個人，突將一顆石子，投進了他的靜止的腦海，而激起了一個水花來！

呵！一「打」(1 dozen)，等於十二；兩「打」，等於廿四，四「打」，等於四十八；「八打」，就等於「九十六」；而「半」打，則等於「六」，「八打」加上「半」打，等於「九十六」加「六」，這算式的答數，豈不就是「一〇二」？！

總之，「一〇二」的數字，就是「八打半」，那是清清楚楚的事——再清楚也沒有了！

那末，一支手槍指著「一〇二」，這明明是在說明：正有某一方面，準備要攻擊「八打半島」，那也是無疑了！

他幾乎要高跳起來而喊嚷：「呵！那張怪圖中的祕密，終於發現了！」

可是那張怪圖上面，除了那支手槍與「一〇二」的數字以外，還有些別的東西在著吶！為這事情，擱淺了已有好幾天，他對這圖畫的整個印象已經有些模糊。於是，他又慌忙找著那張紙片，準備細看一個究竟。結果，忙得滿頭大汗，方從一個準備丟棄的廢信封裡，把它找了出來。

他把這張紙片抓在手裡，細細加以研究。

他點頭暗想：「不錯，這圖畫中的三角形，周圍注有『A』，『B』，『C』，『D』，全套的字母；這顯然是指『ABCD』的聯合陣線；那末，圖中的手槍，不用說，決定是指站於ABCD對方的一面，那也是很顯然的事。」

簡單些說：在這張神祕的圖畫裡，包含著一個此方攻擊彼方的訊息。

眼前先得知道：這一個以「一〇二」數字代表著的「八打半島」，畢竟是在什麼地方？是屬於A的呢？是屬於B的呢？是屬於C的，還是屬於D一面的呢？可惜手頭，一時沒有可供參考的書籍與地圖，他只能眼望著那張紙片，而無法再做更進一步的探索！

但他畢竟是聰明的！書籍與地圖，手頭雖然沒有，而各種日報，卻是現成的東西。最後，他在許多近期的報紙上面一陣亂翻，他居然翻到了一個他所需要的簡單的答案：

他查明瞭這「八打半島」，乃是菲律賓的一個小省；在最近正在進行中的軍事上，占著一個非常重要的位置。

由於這一個證明，使他更為確信他的理想：「一〇二」就是指「八打半島」的理想——特別顯出了事實化。

至此，他簡直感到了非常的興奮，而也有些傲然。他想：「世界上的不論何種難題，只要能運用一點聰明，再加上一點幸運，那都不難迎刃而解。而自己，恰好正是常常具有聰明而又常常具有幸運的一個！」

他越想越得意，簡直自己有些佩服自己了！

可是他這傲然自得還不曾終了，立刻，另有一個思想，卻像一枚針尖那樣在他腦膜上面尖銳地挑刺了一下，他想：這怪圖中的祕密，雖已逐漸揭露，而有一點卻顯然是非常可怪，那就是：自己並不是一個國際間的名人，而本身也並不擔任著什麼任何方面的近於間諜性的祕密工作，那末，對這一個遠在九百十浬以外的具有軍事上的重要性的「八打半島」，會有什麼關係呢？其次，那個不知誰何的人，他特地繪製了這張圖，而把關於八打半島的重要訊息透露給自己，又有什麼用意呢？而更主要的一點是：那個把圖畫遞送給自己的人，畢竟是一個何等人物呢？

橫想豎想，他幾乎想得腦內發沸，而結果，卻並不曾把這問題的影蹤想出一絲來。

他由興奮一變而為頹喪。

當夜，他又喪失了良好的睡眠。

第二天，上午九點鐘時，他依舊收藏起了他的較多的年齡，而仍以近三十歲西裝筆挺的姿態，匆匆踏進了他所常到的大東茶室。

在這有閒階級消磨時光的所在，奢偉揀選了一個被眾人摒棄的僻處於一隅的位子坐了下來。

坐下後的第一件事，他從身畔掏出他的精美的紙菸盒，輕輕放在他的身前；連著，他又把這盒子翻了一個身。

他這一個極平常的小動作，立刻引起了這茶室裡的另外兩位先到的來賓的注意。那兩個人和他似乎是認識的，可是他們略略抬眼向他飄了一下，隨即都把視線收回，而並不表示和他認識的樣子。

第一個人身上穿著一套臃腫的西裝，一張橘皮色的臉，加上一撮小鬍子。——讀過《了紅筆記》的讀者們，對他也許有一種認識。——此人就是那位著名的「法學家」——孟興先生；同時，他也是本埠各嚮導社中的一個有經驗的「被嚮導者」。

第二人的年齡還很輕，大約只有二十多歲吧？此人長著一張五官秀整的臉，眉宇間，呈露著一股掩不住的青年人的真摯與活躍。

這青年的身上，並沒有加上上裝，也不繫領帶。雖在這種遊息的地點，身前卻還攤放著一本厚厚的燙金字的西裝書。

這時，這青年第二度抬眼，他遠遠看到奢偉從紙菸盒裡，小心地取出了一支菸，他把這煙在菸盒的正面，輕輕舂了兩下，翻轉菸盒的面，又輕輕舂了三下。

這青年立刻掩下了那本書，他緩緩走向奢偉所據的那張小桌子前，移開一柄椅子，坐下招呼說：

「Ah! mon chief! Qu'est ce qu'il ya?」（啊！領袖！有什麼事？）他操著一種熟極而流的法文，嚴肅而低聲地問。

「你可知道八打半島？」奢偉以相同的異國音調，向這青年對答。——他所操的，卻是一種極不純粹的法語，和電車上常常聽到的那些「賣弄式」的破碎英語差不多！

「當然！」青年點點頭說：「這地方近來很緊張吶！」

「你把這地方的消息，蒐集起來交給我。需要快！」

「消息？關於哪一方面的？」

「哪一方面的消息嗎？啊——」奢偉沉吟了一下：「我需要多方面的消息，只要是有關於八打半島的，都要。」

青年點頭表示接受，但他有點訝異。

奢偉把眼光在那位「法學家」的身上掠了一掠，又說：「你知照孟興，讓他通知各家電訊社，說我需要這一類的消息，還有——還有電臺方面的直接消息，我也要。」

「Comme vous voudrez, mon chief!」（照辦！首領。）

青年站了起來預備走，但奢偉卻叫住了他而囑咐說：「所有的東西，直接送進第五箱。」

這最後一句話，讀者顯然不易了解，這需要一個簡單的解釋：我們這位怪特的奢偉先生，行蹤常像一縷煙霧那樣的飄忽而無定；而同時，他的住址卻也有好多個。平常，他把他所住的寓屋稱為「箱子」，所謂第五箱，就是指他第五處的寓屋。呵！這不是很可笑嗎？

青年回到了他自己的位子上，招呼侍者付了錢，他把那冊書本掌在手裡，做了一個特異的姿勢，隨即匆匆走出了這茶室。

兩分鐘後，那位「法學專家」，也站起來付掉了他的帳。

最後是奢偉悠閒地離開了這消閒的地點，他舒舒氣，似乎已放下了一重心事，單準備接受他所需要的情報。

有一件事可見這位怪特的奢偉先生，在社會上，似乎的確具有一種相當可驚的潛勢力：就在當晚，他回進他的所謂「第五號箱子」，他發現這裡有些東西，幾乎使他自己也吃了一大嚇！

在他的辦公的案頭上，那些飛來的紙片，幾乎積壓得有二寸多高。這裡有公家電訊社的電報原稿；有鋼筆版上所印的分發的消息；有從中外各報上面所剪下的已刊的新聞，並有許多鋼筆或鉛筆草草寫成的報告，有些是屬於電臺方面的消息。

這太多的情報使他感到眼花撩亂而無從措手！

他費了一個相當大的麻煩，方把那些紙片草草整理了起來。在這些紙片之中，他首先揀出了一張關於八打半島的概括的報告，仔細讀了一氣。

這報告上是這樣寫著道：——

八打半島，英文名為「Bataan」，處於東經一二一度，北緯十四、五度之間，地點在「馬尼拉海灣」口；為「菲律賓」的一個小省分。地勢作長方形，掩蔽於「馬尼拉」之外圍；故在軍事上，實為馬尼拉之屏障，其重要性可想而知！

這一扇掩護馬尼拉的門戶，實際並不如何廣大。面積計五百二十五方英哩——或是說，一千三百六十方粁。在一九二九年曾精密統計：全島人口有六萬八千九百七十餘名；其中百分之九十以上信奉天主教；其他則信奉佛教或回教，等等。

半島的西南部分，有一條「Marivelles」山脈，那裡有著廣大的森林，出產豐富的木材，除了供給本地居民以外，更有大量的餘羨分供馬尼拉等地。除了這「Marivelles」附近的高原以外，餘地均屬平原。在非耕地上，產生多量的野草，土人稱這些草為「Tanbo」；還有一種叫做「Lasa」，大都作為燃料之用。這裡的耕地非常肥沃，農產品計有蔬菜、水果、甘蔗、米，等等；在首邑「Balango」附近，年年可得二熟。而該島所產的香蕉與芒果，在各地尤負盛名。

八打東西南三面臨海，因之漁業亦非常興盛；土人於四月與七月間，紛紛出外捕魚，用的大都是網；馬尼拉市上所售的魚十九來自八打。故土人有「山」、「海」、「田」

三大財源之稱。

這裡除了首邑「Balango」之外，其餘「Moron」，「Bagae」，「Oron」，「Zimay」，「Lamo」，等，都是沿海著名的港口。

這裡的交通線，有自「Balango」經過本省海岸各處而直達馬尼拉的新式公路，各貨均由此而運往菲律賓的首都——馬尼拉。

以上就是那張報告的全文。

讀完了這一節報告，卻使奢偉的腦膜上，鐫刻下了這所謂八打半島的一個大體的輪廓。然而，他讀完了這一節短短的地理教科書，於他眼前所要解決的問題，得到了些什麼幫助呢？

他又隨手撿起另外的一紙，這是一個電訊社裡的資料，報告著最近這半島上的軍事措施。這資料的措辭相當有趣，大致說——

菲律賓的軍事當局，最近已把那隻長方形的餐桌，浸入了一片廣大的「魚雷水」中，他們希望有人撩起了燕尾形的禮服而來享受這「美味的魚羹」；但同時，他們希望那些貴賓，在涉水而來赴餐之前，先到齒科醫院中去檢查一下口腔，免得在吃「鐵魚」

的時候碰壞寶貴的牙齒！

另一個針鋒相對的資料更有趣，那條電訊上說：

我們知道有一隻舒服的餐桌，已被布置在一片三面環繞著的「魚雷水」裡。我們已準備著用一架大濾水器，先把水裡的毒質完全濾清；然後，再攜帶多量的釣竿，以便釣起「魚」來到那隻餐桌上去享用！

呵！你看！這是一個何等斯文而幽默的國際性的筆戰吶！

簡括些說，在那一大堆的紙片裡，十分之九，都是有關軍事資料；而每一條訊息裡，都在蒸發嚴重的火藥臭味！

呵！「軍事」！的確的，在最近期的八打半島上，當然再沒有一種訊息，會比以上兩個字眼所表示的更重要的了！可是奢偉對這兩個討厭的字眼，卻似乎很有腦脹的感覺。他在眼前所得的訊息之外，似乎另外還在期待一些什麼特殊的訊息；但，他所期待的，畢竟是何等的特殊的訊息呢！這，連他自己也說不出所以然來！

總之，他好像正在尋找一個環子，準備把他自己，和那個距離這裡有九百十浬的遼遠的半島，雙方聯繫起來；然而，他有什麼方法，能找到這個神祕的環子呢？

第十章　第二種解釋

在以後的二十四小時之中，那些由他自己輕輕一語而招致的討厭的報告，還在源源不絕而來。

整整兩天，他把他的頭顱，深深埋進了那個紙堆之中，整理，歸納，檢查，思索，忙得他滿頭是汗。這嚴重的辛勞僅僅使他獲得了四個字的獎勵：——「不得要領」！

從許多「不得要領」之中，他找到了一個最合理的結論，他決定：「那張神祕的圖畫，一定是在一種可笑的錯誤之下誤落進自己手內的！」

費了一大陣的忙亂，使他感到懊喪。於是，他決計整個放棄這件莫名其妙的事。

可是，那些關於八打半島的各方面的訊息，倒還在推不開地向他身邊飛過來。於是他又打出了兩個電話，關住了這討厭的自來水龍頭。

讀者須知：奢偉平素為人，一向具有很大的責任心。他想：「那張怪圖雖與自己無關，而那個『發出』這怪圖和那個『應接受』這怪圖的人，一定視為很重要，那是無疑的事。那末，這東西雖因一種錯誤而落入了自己的手，論理，自己卻必須把它歸還到那個原人或另一個應接受這圖的人的手裡，那才對。可是，自己有什麼方法，能找到那兩個不知誰何的人呢？」

唯一的方法，只有先找那個打氣槍的孩子，從他身上抽動瓜藤而再設法找出那個瓜。

因之，他特地又光顧那家遊戲場裡，再度去找那個不知名姓的小英雄。——這是他的一種強烈的責任心的表現。

而結果，他這無把握的拜訪，依然還是失望。他懷挾著一種沮喪的心理，準備退出這下層階級的樂園。

在一道石梯之下的走道裡，他遇到兩個神色倉皇不定的人，在他身旁匆匆地擦肩走過去。其中的一個，是身體枯瘦得像一支乾柴那樣的老者；另一個身穿西裝而長著一個棕色的小圓臉，年齡相當輕。

這兩個人，在奢偉是認識的：前者，是易紅霞的老父；後者，就是前幾天在後臺想和自己打招呼而結果並不曾把招呼打出來的那個人——這是打氣槍的那一天的事——奢偉雖不知道這人的名姓，但，他曾見到這人，至少也不止一面。可是，當時奢偉雖認識這兩個人，而這兩個人，卻絕對不認識奢偉。原因是：這一天的奢偉，他因嫌著累贅而並不曾「攜帶」他的較多的年齡；再加，他又脫下了他的專在某種時期中穿的藍布大罩袍，而換上了漂亮的西裝。那老少的一雙，只見過一種樣子——布袍——的奢偉，而並不曾見過多種樣子——西裝或其他——的奢偉，因此，他們對他，雖細看也不會認識。

由於這兩人的神情有異，卻使奢偉有點訝異，於是，他無意識地，信步跟在這兩人的身後。

「啨！這事情透著有點怪！」老人且走且說，語聲帶著訝異。

「哼！豈止有點怪！我吃準這事大有危險！」棕色臉的青年，聲音顯得很緊張。他又用力補充：「哎！危險極了！怎麼辦？——你記得那個電話的號碼嗎？」

「記——記得——那是一〇……」老人因著那青年的話而加重了喘息。

「弄錯了吧？你方才說是二字打頭。」

「啊！我說錯了。我記得，那是二二〇〇二，不會錯！」

這二人的對答聲，和他們的腳步，一樣的急驟。眨眨眼，兩個身子已捲進了一小朵人造的浪花中。

這時，奢偉根本沒有聽出，這老少二人，談論的是什麼事？而且，他也根本不想知道他們談論的是什麼事。只為看到了那個枯乾的老人，使他想起那個天真而稚氣的賣藝的姑娘。

好在這一天，他已放棄了那個八打半島的怪問題；而同時，又找不到那個遞給他那張怪圖的小孩，一時他已無事可為。因之，他又轉身進來，想去看看那位姑娘，今天唱些什麼戲？

他無可無不可地，信步走近了那個京班戲場後臺的出入口。他把眼光向後臺的內部飄送進去。

在一種不經意的搜尋之下，他並不曾搜尋到那個姑娘的倩影。這一天，在這凌亂的地點，似乎透露著一種比平日不同的冷落的光景。只聽得那裡有幾個人在閒談。

「那倒很好！誤場也成了傳染病，連素不誤場的也誤了場！」有一個年輕女人的聲氣在這樣說。

「你管不著！反正包銀扣不到你的頭上吶！」另一個語聲蒼老的男子這樣回答。

「人家誤場，我們就得多唱戲，還說管不著嗎？」年輕女人牢騷的調子。

「人家總是角兒吶。」

「好大角兒！難道梅蘭芳，也和他（？）一樣嗎？」

奢偉悄然離開後臺出入口，他無聊地走出了這遊戲場。

喧鬧的馬路上，奢偉在想：「聽這後臺的話，好像那個被議論者，正是易紅霞。據自己所知：這位天真的姑娘，雖是一個江湖賣藝的女子，而責任心卻相當重。一向，她把這小小戲臺上的任務，看得比羅斯福先生在白宮裡所擔任的任務更重要；甚至，在害病的時候也不肯放棄她的可憐的工作。而今天，她為什麼竟誤了場呢？

她已遭遇了什麼意外的事件嗎？

否則，即刻她的老父，為什麼現著慌張的神色呢？

「呵！別管這些吧！」

奢偉的兩腿，鼓動得相當快。他一面向自己提議；一面，只顧無目的地前行。走了幾步抬眼看時，不覺有點好笑。原來，他已走到了一個並不準備走到的地點。

奢偉發現他的身子在不自覺中已被攜帶到了易紅霞的家門口。這裡和那遊戲場，只有兩百碼的短距離。

「已經來了，姑且進去看看吧——好在，這並不是『專程』而是『順便』——也許，那個天真而稚氣的姑娘，真的病倒了吧？」

在易紅霞的家裡，他只遇到了一個八九歲的小女孩；她是易紅霞的妹子。在藍布罩袍時期中的奢偉，他曾見過這女孩子，但不曾加以注意；而這女孩子對於西裝的奢偉，卻也絕對並不相識。

今天，奢偉發現這小女孩的顰笑的姿態，和她姊姊像得厲害，這使奢偉感到有趣。於是他開始和她搭談起來。

「你姊姊不在家？」奢偉問。

「剛出去不到半點鐘。」小女孩子回答。

「上戲場了嗎？」

「不呀，有一個電話，把她叫出去的。——」

「電話？」耆偉心裡這樣暗忖。因這女孩子的話，使他想起即刻曾在遊戲場裡聽得那個老人說及一個電話的號碼。——他記起，那是一個「二」字打頭的號碼；屬於西區的電話；距離這裡相當遠。耆偉不經意地想著，他聽這小女孩子說下去。

「電話來的時候，姊姊可巧不在家，那人留下一個號頭，讓姊姊打回電給他——」小女孩子伶俐地說：「不一會，姊姊回來了。她依著留下的號頭，打了一個電話，隨即匆匆出外，衣服也沒有換；頭髮也沒有梳。」

「啊！」耆偉不經意地應著。

這小女孩子忽然把兩條眉毛蹙到一起，天真而關切地，她向耆偉問：「你看，我姊姊不會碰到什麼事情吧？」

「那不會！」耆偉不明白這女孩子的話，是什麼意思？他仍隨口答應。

「那末，她臨走，臉上為什麼那樣不痛快？她背人偷偷抹著眼；還說：別讓爸爸知道這事！」

「啊！臉上不痛快，偷偷抹著眼，不讓她爸爸知道這事。這是為了什麼事情呢？」奢偉這樣忖度，他有點狐疑，但他嘴裡，卻安慰這小女孩子說：「沒有什麼事，也許，她又和誰生氣了。」

「生氣！嗤！你胡猜！」這小女孩忽然笑起來，她撅撅她的真像櫻桃那樣小而紅的嘴唇，稚氣地說：「你還沒有見過我的姊姊咧！再過兩輩子，她也不會和人生氣吶！」

奢偉感到這小女孩，太覺天真而可愛，他不禁伸手撫弄著她的柔軟的頭髮，問：「你叫什麼名字？」

「我姓易。」

「我知道——我問你的名字呀。」

「我叫瓏兒。」

「啊！一條龍的龍，是不是？——你肖龍嗎？」

「你弄錯啦！我的名字，在『梅龍鎮』的『龍』字邊上，有一個小的王字。」小女孩子說時，她用一個小指頭，在她姊姊那張簡陋的妝臺上，細細劃出了一個字。——

奢偉隨著這小女孩的手指而注意到這妝臺上時，只見桌子面上滿布著一重灰，東西也堆得相當凌亂，這和那位姑娘平時愛好整潔的習性完全不相符。

奢偉一面不經意地觀察；一面注意這小女孩的說話。

「啊！那是玲瓏的瓏呀！」他想開口這樣說。可是，他這話還沒有說出來，驀地，他的心頭，好像被人猛擊了一拳！他急急地問：「哎呀！你的姊姊，是不是另有一個名字，叫做玲兒？」

「誰告訴你的吶？我們家的人，只有爸爸一個，管著她這樣叫。可是——」女孩子的烏黑的睫毛，在奢偉臉上，閃動了一下，她忽然叫喊起來說：「咦！怎麼啦？你！頭疼嗎？要不要吃點仁丹？」

「不，慢一點！你讓我靜靜想一想，你不要說話！」

這時，奢偉的神情，好像已陷入於一種神經突然錯亂的狀態：他的語聲有點顫，而兩頰也泛出了死灰那樣的慘白！

原來，就在這極短促的瞬間，他對那張飛來似的神祕的圖畫，無意中忽然找到了另外一個「確切不移」的解釋。

他一想到這第二種解釋的可怕的性質，卻使他的一顆心，在腔子裡像鐘擺那樣搖盪了起來！

第十一章　死亡的邊線

奢偉心裡焦暴地連聲吶喊：「啊！易玲兒！易玲兒！」

從這意外發現的三個字上，使他立刻聯想起了另外三個字音相近的字：——

「一〇二！」

從這三個神祕的數目字上，使他立刻又聯想到那張怪圖上的另外一些東西，主要的是：有一支可怕的手槍，正自緊對著這「一〇二」的數目，顯示著射擊的姿態！

哎呀！「有人要用手槍，射擊易玲兒！」這就是那張怪圖所含藏的「真正的解釋」。從多方面看來，這第二種的解釋，幾乎已像鐵一般的確定，再也不會造成先前那樣可笑的錯誤。

奢偉一面喘息，一面掏出手帕，用力抹著額角。接連他又立刻想起：在那張啞謎似的怪圖上面，好像還留著一個「日期」似的數字。那是幾個什麼數字呢？在慌亂之中，他已完全不復省記。

還好！今天他出外，原意準備把這怪圖，還給那個不知誰何的人物，因此恰好帶在身上，可以立刻查看一下。

這時，他的動作，已很有點慌亂失措。他用震顫的手指，在他的各個衣袋裡面，慌亂地搜尋著那張紙片；在匆忙摸索的片瞬之中，他的腦內，還在閃動著一線唯一的希望，希望那張紙片上所留的數字，並不是當天的日期。

如果不是當天的日期，那末，不論如何，他還能抓住一個挽救的機會。他自信，只要時間來得及，當前縱有天坍那樣的禍殃，他也能硬著頭皮，代那個可憐的姑娘頂一下！

然而不幸之至！他這一線可憐的希望，只在短短幾秒鐘內，卻已整個被擊得粉碎！

當他把焦灼的視線，接觸到那張紙片上時，只見這紙片的一角間，清楚而簡單地留著如下的字樣：

「二一·二六。」

他猛然抬眼看到壁間懸掛著的一座日曆上，赫然顯示著一個「二月二十六日」的鮮紅如血的日期。——正是一個都市分子星期休假的日子！

「哎呀！就是今天呀！」

奢偉滿身冒著冷汗。他詛咒自己年齡的老邁，以致在腦力退化之下造成上面那種不可恕的錯誤！他不知道截至眼前為止，在時間上是否還來得及挽救當前這一件自己所萬萬不願意見到的慘劇？他更不知道自己將用什麼方法，才能挽救這一件可怕的事變？而更主要的是：眼前，自己還不知道，那個身處危境的姑娘，此刻是在什麼地方？

一種火燒似的焦灼包裹住了他的整個的心！

焦灼中他驀地再度想起了即刻在遊戲場裡所聽到的電話號碼。由於腦內某種相類的記憶，使他很容易的記住那個號數。他忽然跳起來喊：「啊！不錯，那是二一〇〇二！一個西區的電話！」

他這無端發狂似的態度，驚得那個小女孩子，扁扁小嘴兒幾乎要哭！

奢偉定定神，感覺自己的狀態有點失常，他急忙柔聲撫慰那個小女孩子說：「好孩子，你別嚇！你說，你們這裡有電話？」

「二房東家有。」小女孩子懦怯地回答。她的喪失了活潑的小眼珠裡，充分反映出了對方臉上的慌張。

兩分鐘後，奢偉被指引到了一架電話機前，他匆匆撥動了那個「二一〇〇二」的號數。他用震顫的語聲和對方通著話，實際，他並不曾和對方接談，他只從話筒裡，探詢了一下這電話的地點。

當時，他既問明了地點，他的眼珠一陣閃爍，臉上頓又添上一層嚴重的驚惶！他把那個沾滿了手汗的膠木話筒，重重向電話架上一擲，他不顧那個小女孩子的驚駭和餘人的訝怪，立刻像酒醉那樣踉踉蹌蹌地竄出室外。

他以搶救失火似的姿態，飛奔到了街面上。

在擾攘的人行道上，他用衣袖抹著額上的汗液，一面，略略放緩步伐，考慮了一下進行的路線。這時他的目標，是在那條冷僻而遼遠的大西路上；而他所要找尋的地點，卻是在一家專供人們「總休息」的殯儀館裡。

呵！殯儀館！他為什麼要找到這一個地方去？

原來，即刻他在電話裡所探聽到的，就是這一個地點——那個「二一〇〇二」的號碼，卻是一家大西殯儀館的電話。

在他擲下話筒的瞬間，他的腦內，立刻已浮上了若干天前在後臺聽到的幾句話：——「嘿！我們要不是挽著手臂，同上大酒樓的禮堂；要麼我們就挽著手臂，同上殯儀館的禮堂！」

這幾句駭人的話，正是那個濃眉毛的傢伙，把濃眉毛豎得像救火梯子那樣高而說出的話！

同時他又記起：聽到這話的一天，又正是後臺那個棕色圓臉的西裝青年，好像想和自己招呼而並沒有把招呼打出來的那一天的事；這也就是自己打氣槍那一天的事；而也就是自己莫名其妙地拿到那張怪圖的那一天的事。

至此，他差不多已完全明瞭那張怪圖中的整個的含義；他已知道誰要用手槍打死那個天真而稚氣的姑娘；他也知道那個人為什麼要用手槍打死那個姑娘；同時，他已隱約猜到了那個把這怪圖送給自己的人是誰；並且，他也隱約猜出了那個第二人把這怪圖送給自己的理由。

主要的是他在考慮，這一紙怪圖中所預示的慘劇，不知是否真會「準時」而演出？

基於某種推斷，他覺得這一幕戲劇，十分之九，含有無可避免的因素！

那末，更主要的要問：截至眼前為止，這一幕駭人的戲劇，是否已經揭幕開演？甚至，這幕戲劇，是否已經完成了呢？

關於以上的問題，他已沒有勇氣加以細想；越想，他簡直越感到了捺不住的戰慄！

總之，眼前只剩下了一根遊絲那樣若斷若續不可捉摸的希望，那就是：那位姑娘離家還沒有很久；他記著那個小女孩子曾說：「她姊姊剛出門還不到半點鐘。」

由於時間還很短暫，也許，那個姑娘還不曾踏上死亡的邊線；也許，那一幕血染的戲劇，將揭幕而尚未揭幕；也許，這裡面還留著一個可以挽救的機會。

這時他腦內的唯一的感覺：只覺當前每一分鐘——甚至是每一秒鐘——其價值都已超過每一噸重的鑽石。自己能否挽救這一幕慘劇，全看自己能否利用當前每一分、秒鐘寶貴的時間而斷定！

於是，他的腦力和他的足力，開始了同等速率的鼓動。一面奔，一面卻在精密地計算著時間上的消耗量。他把焦灼的眼光，不時飄到街面上的許多人力車上，他想：「這裡距離大西路，約摸有六七里的途程。如果僱坐一輛人力車；如果挑選到一名壯健的人力車伕，而以最高速率計算時間，那需要三十分鐘方能到達目的地。而自己在若干年前，曾參加過某一大規模運動會中的萬米長跑，記得，當時曾以三十四分六二的紀錄，完成那個比賽。

眼前倘把萬米賽跑起步與衝刺的平均速率計算，那末，到達大西路的時間，至多應為二十分鐘左右。乘車與步行兩相比較，還是後者差勝於前者。」他這樣想著，便決計放棄乘車而採用步行。

他把汗液直冒的手掌，緊握成兩個拳頭，開始了長距離賽跑的步法。

可是，人們的心理變態，對於生理卻有很重大的影響。由於他的情緒的異樣，竟使他的血液循環起了急遽的變化。他只奔馳了短短的一段路，他已發覺他的兩腿，竟是那樣的疲軟而無力；甚至每一舉步，都像踐踏在棉絮上面。而且，可憐！由於兩腿的急進，使他的兩臂，也不得不加速了鼓動；不久，他迅速地感到他的右肩，已在一陣陣地開始抽搐那樣的痛楚。

他咬咬牙關，臉上泛出了異樣的慘白。在這片瞬之間，他的皺紋滿布的額部，清楚地又顯出了一重近五十歲衰老的暗影，而不復再是盛年活潑的樣子。

讀者，你們也許還記得：若干天前，奢偉在遊戲場裡打氣槍的時節。論理，那一天，他在第二槍上，就可以打中紅心。可是扳機之頃，他忽因臂膀的震顫而失卻準繩，結果，那一槍再度又打成可笑的「一百〇二槍」。於此，可以知道他的右臂，必然受有創傷；而從右臂受傷的一點上，細心的讀者先生們，也許早已揭開了這位奢偉先生的假面，而窺到他的真面目是誰。

再看這位神奇的人物，此時分明已動了極大的情感，那末，他為什麼要那樣關心那個姑娘的生命呢？一定，他是真正地愛上了那位鬻藝的姑娘了吧？

準確的答案是：不！他並不是真正戀愛那位姑娘。

如此，他為什麼一定要不顧一切地援救那位姑娘的生命呢？

以上的問題，另外含藏著一個小小的祕密。當然，筆者在後文，必須負責提出一種解釋。可是眼前，請恕我這一支柔弱的筆管，卻已絕對無法或無暇顧到這一點。

為著生死邊線上的時間的珍貴，主要的是我必須幫助奢偉先生趕快到達他的目的地。

這時，他亡命地向前奔馳，他一面喘息，一面抹汗。一面，他開始第一次抱怨那猙獰的戰神，吸乾了整個世界的汽油，致使他在千鈞一髮的時刻，竟絕對無法覓到一種高速率的代步；而一面，他仍閃動著冒火的兩眼，搜尋著馬路的四周，看看有沒有什麼適當的車輛，可以「借用」一下？最好是流線型的跑車之類。他這樣想。

劈面一條橫路的轉角上，有一件龐大的東西，迅速地墮入了他的目光的搜查網。——在一座巍巍的大廈之前，停著一輛八汽缸的福特汽車，車身雖不是一九四二年的式樣，可是，看去還相當結實，在擋風的玻璃板上，黏有一張紅十字的印刷品，分明表示它是一個時代的寵兒；正像人類中的一般「識時務的俊傑」一樣，雖在時代的動盪之下，依然具有在市上「橫衝直撞」的資格。

駕駛座上，一個穿號衣的汽車伕，正自取著一個三十度仰傾的姿勢，疊著腿，斜倚著靠身，在專心地閱讀一份彩色的印刷物。

看這汽車伕的悠閒自得狀態，可以見到這輛車子的主人，暫時，還並不需要他的車子。「呵！叨光借用一下，大概沒有問題吧？」耆偉心裡轉念。

他的眼珠骨碌碌地向四下一陣轉動。

只見：在這汽車的背後，寬闊的人行道上，有一小隊衣衫襤褸的孩子——看去都是活潑的「準乞丐」——著地蹲踞成一個小圈，正把一些市上停止使用的分幣券，在用兩顆小骰子，興高采烈地賭輸贏。

奢偉伸手理了一下因狂奔而披拂在額際的亂髮，一面，他急忙向上裝的裡袋伸手摸索；在左邊的袋內，他摸出了一厚疊簇新的小紙片；在右邊袋內，他又摸到了另外一件奇型的東西：那是一個很有趣的小玩意。

立刻，他的嘴角浮上了一絲苦笑而獲得了主意。這裡可以借用小說家的成句：「眉頭一皺，計上心來。」

再說，那個悠閒的汽車伕，歪躺在車子裡，全部的精神，正貫注著一張四開的電影週刊。文字，他或許不感興趣。可是這粉紅色的可愛的小刊物上，印有一張某一著名電影明星的游泳照片。這裡兩條粉紅色的肉感的大腿，如果你把眼皮闔成兩道縫而悠悠然地看，那好像有些凸出紙背；也好像使你感到一點溫軟的感覺；而且，離鼻不遠，還好像浮漾著一些若有若無的粉汗香味，這使我們這位「開車老大」的兩道目光，形成了武俠小說家們所喜歡誇張的「劍光」，幾乎要飛出眼眶，而劃破這照片上的粉紅色的三角游泳褲！

一個沉醉的靈魂，正自溶化在紙片上的時候——

驀地，「嗄——！哇——！」

像一種潑翻了海水似的雜亂的人聲陡起於車後！

「砰——！」

緊接著，復有一個車胎爆裂那樣的音響，雜在一片喧嚷的人聲中；內中有一個人，提高了嗓子在喊：「咦！怎麼啦？車子下會漏出這麼許多油！」

爆車胎而會影響到油箱，這是少有的奇聞！這使我們這位「開車老大」，不得不把緊貼在兩條粉紅玉腿上的眼光暫時揭下來，而下車去看看了。

開車老大急急地從右邊車門跨下車子；奢偉先生悠悠然從左邊車門跨進了車子。

汽車伕走到車後，他發現一小隊衣衫襤褸的孩子，加上幾個貧苦的路人，在爭奪散亂得滿地的簇新的貳角輔幣券。喧嚷的人聲，卻是由此而來。看看自己的車子，車胎既沒有爆裂，車身下也沒有半滴油。

他輕輕詛咒了一聲，低倒頭，重新鑽進車門。因為全神貫注準備繼續欣賞那一條誘人的粉紅色的三角褲，一時竟未及注意到車子裡面已發生了一些新奇的花樣。

他的身子還不曾放穩，側轉眼來，猛然發現一個身穿漂亮西裝頭髮散亂汗液滿額而又面目凶獰的傢伙，嚴冷地坐在自己的身旁。同時，他迅速地感覺到，有一個「挺硬的管子」那樣的東西，正自無情地緊貼到了自己的碰不起的腰部裡！

這裡需要一個小小的說明，原來：奢偉先把一百張簇新的輔幣券，「祭」法寶似的向空一擲，一陣繽紛的花雨，恰好降落在那個賭錢的小圈子裡；卻使這一個平靜的小小的世界，頓時引起了掠奪的戰爭。緊接著他把一枚雪茄那樣的東西，用力向地下一擲，跟手便發出了「砰——！」的一聲怪響。（這是他的一個夥伴，一位化學師，替他特製的一種小玩意。）這東西很像世上那些吹法螺的宣傳家，響聲大得厲害，實際卻並無多大的用處。可是那位開車老大卻上了這「宣傳品」的當！

說來相當有趣：真的，我們這位奇特的奢偉先生，每逢出外，他的各個衣袋裡，卻是常帶著一些新奇有趣的玩意的。

再說，在當時那種特異的情形之下，那個上當的汽車伕，看看身旁這個飛來的傢伙，不禁吃驚得發了呆。但，不到幾秒鐘，他立刻省悟自己已遇到了怎麼一回事。

「對不起，勞您駕。」奢偉滿口操著北方的音調，把手中那個「挺硬的管子」在對方腰間輕輕移動了一下而說：「開到大西路！」

（在以前，奢偉一直不曾說過「勞您駕」的這種句子，自從遇見了易紅霞，接觸的次數一久，不期而然他也沾上了這種北方的口談；而且，往往會在不自覺中，不時流露出來。這時，他既衝口說出了這「勞您駕」的三個字，立刻他的耳邊好像已飄動了一陣銀鈴似的清脆的語聲。他不知道這一位愛說「勞您駕」的姑娘，此刻已遭遇到了何等的事件？他恨不能在一秒鐘間就插翅飛到目的地去看一看！由於內心極度的焦灼，卻使他的面色，也特別顯得凶獰而可怕！）

「呃！」汽車伕瞪圓著兩眼，望望那張煞神似的「臉譜」，嗓子裡有點發毛。

「開！」刺刀那樣銳利的聲音！

「嗯！」

「快！」

讀者須知：「當今之世」，有一個人人懂得的定例——這比牛頓氏萬有引力的定理更確實——那就是：——「挺硬的管子」，等於世間一切一切的「公理」；也等於世間一切一切的「正義」，在公理與正義的指導之下，「你敢不服從嗎？——噓！你敢嗎？」這使這位開車老大，不得不接受「無條件的晦氣」而顫抖地發動了車子的引擎。

「軋——軋——軋——軋——軋——！」車身中的機件和人身中的機件——汽車伕的心臟——一同開始了急遽錯綜的交響。

在引擎的發動聲中，奢偉理了一下亂髮，歪著眼，看看他這「臨時僱用的夥伴」，只見他的年齡，約在三十五歲左右。臉上，滿露著一種狡猾而又幹練的神情；一望而知他對於開車，必是一個有經驗的老手。可是這位「老手」，這時好像已被「公理」與「正義」所嚇昏，他的手腳似乎有點失措，他慌亂地摸索著座前的機件，一時似已忘掉駕駛的方法。

奢偉的嘴角像冷笑那樣微微牽動了一下，他立刻已猜到了這汽車伕的心頭的意念。

「喂！朋友！」奢偉嚴冷地說：「你要不要變小戲法？讓我來教給你好不好？」

汽車伕伸著不穩定的手，握著那個「離合器」的柄（Cluteh，俗稱排擋），望著他發怔。

奢偉繼續道：「照規矩，開車子當然是先『吃排』，再踏油門；倘然顛倒過來做——先踏油門，再吃排——那你會使齒輪上的齒，像老婆婆吃炒豆那樣的折斷下來。於是，我們的『船』，不離碼頭就會拋下錨；這是小戲法中的一種。還有，吃了頭排還沒有吃過二排，接連就用力踏風門，那你會使車子像射箭那樣不規則的直射出去，這樣，被那些熱心的巡捕先生看見了，馬上便會引起注意而上前來干涉，這是小戲法中的又一種。除此以外，戲法還有咧……」

他聳聳肩膀，接說：「你準備玩哪一套戲法呢？」

汽車伕的灰敗的臉上迅捷地飛上一層怒紅，他默然。「軋軋軋軋！」那引擎的震顫聲，代表了他的震顫的答語。

「你如果想讓你的車子在這裡拋錨，我就讓你的身子也在這裡永遠拋錨！懂得嗎？」奢偉把手中那個挺硬的東西，又在對方腰下「斯文地」點了點，他冷冷地這樣說。

汽車伕的兩瓣肺葉搧動得厲害。他仍舊不響。大約他在想：「呵！看戲法的人，門檻比變戲法的人還精，這戲法還是不必變。」

「嗚！嗚！嗚！」幾聲急驟的喇叭，代替了汽車伕的「OK」，於是，車子迅速而「有規則」地依著被指定的方向立刻疾駛了出去。

車子一面開，奢偉還在獨自嘰咕：「我們都在三腳木架子裡兜過圈子（注：指汽車伕領執照時的駕駛測驗而言），『自家人』，還是不必『打棚』的好。」

「嗚嗚嗚！嗚嗚嗚！」

車子開了一小段路，奢偉把那個挺硬的管子——一支筆型的手電筒——從汽車伕的腰部裡輕輕收回來，悄然進了衣袋。

他向他這臨時僱員客氣地說：「我讀過相書，懂得相，知道你是一個可靠的人，所以，我們不妨親善點。但是，朋友，請你開得快點，越快越好！」

說時，他從衣袋裡掏出紙菸來，在一隻附有打火機的精美的菸盒蓋上用力舂了幾下，從容燃上火，把一串菸圈，悠然吐在這狹窄的空間中。

但，他在從容打火之頃，他的十個手指，每個都在發著抖。

「嗚嗚！」車子在熱鬧的馬路中間像一顆流星那樣地滑過。

那個倒運的汽車伕，慌窘地撥弄著駕駛盤，他始終弄不清楚，身旁這一個突如其來的凶獰的傢伙，是個什麼「路道」？主要的是：經過了上述的一番小交涉以後，他已完全「服帖」，再也不想表演什麼新奇的魔術。

可是，他偷眼望望他這位臨時的主人，只見他的外貌，雖然裝得十分鎮靜，而內心，卻顯見異常焦灼！他不時發出乾咳；不時拭抹臉上的汗液；不時看手錶；不時又把頭腦伸出車窗探望前方；幾乎沒有一分鐘的安定。

車子開駛得那樣快，早已超過規定的速度，而他，卻還不時頓足催促，嫌太慢！速度表上的指標，創造了一個這輛車子所從未有過的紀錄，四個輪子像注射了過量的興奮劑那樣瘋狂地疾進！只見兩旁的屋宇，彷彿一批批「自動調整陣地的軍隊」，飛一般的在作「有秩序的」倒退！汽車伕的髮根裡冒著蒸汽，他疑惑自己已把這輛車子誤駛上了一方映電影的白布，而在表演一幕極度緊張的鏡頭了。

還好！仗著車前那枚赤色十字架的聖靈的護佑，這瘋狂的駕駛，僥倖沒有受到干涉；至於翻車身，撞電桿，遭追擊，等等可能的高潮，幸而也沒有演出。可是他在想：「等一等，到『行裡』去吃一頓大菜，那大概已是免不掉的事！」

呵！感謝上帝，無多片刻，車子已飛駛進了冷僻的大西路。可是這無多片刻的時間，在這汽車伕的感覺中，差不多已經過了一個比環遊全球更悠長的時間！

「先——先生！大西路到——到了！到——到什麼地方？」汽車伕不轉睛地望著

前方那些像潮水那樣衝激過來的事物，他緊張地抓著駕駛盤，連眼梢也不敢歪一歪！他喘息著，從發毛的喉嚨口，掙出了乾燥的問句。

「嗚嗚！」喇叭還在慘厲地吼叫！

「啊！讓我看——」耆偉打車窗裡探了探頭，他抹著汗說：「再過去一點！」

事實上，連耆偉自己也不知道這一個「總休息」的地點，是在大西路的哪一段上？這時，汽車伕接受了他的命令，車行的速率已經略減，他望見前面一條橫路口，站著一個雄糾糾的崗警，他想：「這很可以詢問一下地點。」

他急忙回頭說：「好！朋友，就在這裡停下吧。」說畢，他不等這汽車伕扳那掣動器，已開啟車門，踏上了踏腳板。

當他將跳下而未跳下的時節，只見他這臨時的僱員，正把一種遲疑的眼色，遠望著路口的那個警察。於是，他向這汽車伕冷笑了一下，這好像警戒他說：「嘿！你還是安靜點！」一面，他把一小疊十元的紙幣抛進車廂，而又順手碰上門；一面卻還打趣似的說：「朋友！能不能請你等一等，再把我帶回去。」

他不等這汽車伕的回答，也不等車輪的完全停止，已經輕捷地飄落到地下。

「惡鬼！你自己去尋死吧！我不想再和閻羅王比賽開車呐！」汽車伕狠毒地輕輕詛咒了一聲，他慌忙用力轉著駕駛盤，像一艘輕巡洋艦躲閃魚雷似的飛速掉轉了頭！

「嗚嗚！」一輛輕捷的車子載著一顆輕鬆的心，輕暢地從原路上絕塵飛駛回去。

第十二章　大西路之血

其實，奢偉在回去的時節，他根本已用不到再搭這輛原車，因為，無多片刻之後，他已被一輛免費的車子，靜悄悄地裝載了回去。

這是怎麼一回事呢？

奢偉跳下了汽車，遠在數十碼外，他已望見大西殯儀館的牌子。於是，他以百公尺賽跑最後衝刺那樣的步法，向前直奔過去；一面奔，一面還在用焦悚的眼色，掃射著馬路的四周，他希冀從這裡發現他的目的物，但，他並沒有找到他所要找的東西。

他拖著兩條發抖的腿，喘息地衝進了這「死亡的集中營」！

這裡入口處，砌有一條坦直的煤屑路，可供車輛的出入。路旁兩片隙地，點綴著花木假山，附帶著些茅亭與小池，這對於那些「總休息」的人們，確是一種考究的裝置。

這天，這家殯儀館中，正有兩三份人家，在舉辦喪事。生意之好，顯示這動盪的大時代中，正有大批懶惰的人們，在結隊拔腿逃出這世界。

奢偉在人叢裡亂撞了一陣，依然沒有發現易紅霞的瘦小的身影。他本想找這殯儀館中的職員，問問他們：「有沒有看到這樣的一個女子？」繼而一想：在眼前這種情形之下，提出這樣的問句顯然不會有效果。於是，他又焦悚地奔出了這殯儀館。

黏性的急汗，已滲透了他的「Ada」牌的漂亮的襯衫，他在左近的馬路上踉蹌地亂撞了一氣，結果還是失望！

他重新帶著一顆鉛一樣沉重而狂跳著的心，再度轉身撞進這殯儀館。

這殯儀館的後方，附帶著一部分寄存「盒子」的地方。由於需要「休息」的「顧客」太多，使這殯儀館裡，不得不添造一些「客房」。有一帶竹籬，攔著一方空地，正預備開始建築。

奢偉從一扇開著的竹籬內直闖進去，在這裡，他驀地發現了一個出乎意外而又正在意中的局面。——這是一個這全篇故事中的最緊張而又最驚險的局面，不幸！當奢偉匆匆趕到而發現的時候，這一個最緊張最驚險的鏡頭，恰已到了「最後一分鐘！」

其時，奢偉焦悚的眼光，僅只匆匆向前一瞥，頓時他的渾身的每一個細胞都像觸到電流那樣發起抖來！

你們試猜，奢偉看到了怎樣的一個情形？

由於那張精彩的畫幅，畫面恰是橫列在他眼前，本可使他看得非常清楚，而事實上卻已不容他看得清楚。

只見——

一支短小的手槍無情地劈對著一個瘦小的身影！

一個嬌弱的胸膛勇敢地迎湊著那支槍口的線路！

兩條可怕的濃眉似在飛爆火星而蒸發火藥的焦臭！

一雙失卻媚意的眼珠卻在特異地猛掃著這兩條可怕的濃眉！

奇怪之至！論理，那雙被壓迫的眼珠，被籠罩在死神的暗影之下，至少應有一點惶悚的情緒。可是，不！事實上她只顯示捺不下的狂怒，而並沒有半點懼怯的意味；由於那雙眼珠並無懼怯，卻使那兩道濃眉特別增加了濃厚殺氣！

當時這種緊張局勢的發展，絕不像筆者記述時那樣的迂緩，而更主要的是，當奢偉觳觫的眼光接觸到這特異的畫面時，一枚因狂怒而發抖的手指，已是毫不容情地扳動了槍機！

「啊——呀！」事實上奢偉已來不及把驚極的喊聲發出——因為，當時他的目光的接觸，與他心裡的喊叫，他身子的飛躍而前，與對方槍機的撥動，這四件事幾乎是同時的！

論奢偉的為人，外表，他雖具有一個溫文的狀貌，而實際，他卻絕對不是一個「文縐縐」的人。生平他對國術，卻是一個說得起的好手；「空手奪白刃」，是他「拿手」的一套；並且，他在研習非國粹的 boxing 時，他曾學過那些「G-men」的各式各樣的搶奪手槍的方法。只要距離夠得到的話，他可以使任何一個對方抓著手槍而無法射擊。例如：在眼前這種太緊張的情勢之下，他可以飛起一腿踢在對方的脈窩裡而把敵人的手槍踢得像一片紙鳶那樣的飛起來；再接近些，他可以一把抓住對方的手腕，把槍口的射擊線，猛然抬起或捺下，使那子彈擊破空氣或地層；此外，他還有好多別的方法，能使無情的子彈，很「識相」地變更預定的路線。

在過去，他已屢次曾這樣做過：眼前，他當然很可能的「如法炮製」。

可是，當時很可能這樣做而他竟並沒有照這樣去做。——似乎由於情感作祟的原因吧？為了捨命保護那個姑娘，他竟完全慌了手腳，在這最重要的生死關頭，他卻取了一個最拙笨的方法：他像一頭瘋狂的野牛那樣怒搶而前，竟把整個血肉的身子，擋住了那枚「斯文的」槍彈的去路！

（這正如那本著名的《西線無戰事》小說中所描寫的德國補充兵一樣：那些可憐的孩子，在沒有上前線的時節，他們已學會了好多躲避危險的方法；可是不幸，一旦真的遇到那些事情，他們卻把所學會的許多方法，整個都忘卻了！）

「砰……」

一個尖銳而曳長的聲音，像劃玻璃那樣劃碎了空氣！

一縷淡藍的煙霧，從那支「四寸頭」的槍管之中急驟地射出；一朵怒紅的鮮花，從一襲潔白的襯衫上迅速地開放！一個高大的身影，在四條完全出於不意的駭愕的視線之下，仰天直倒下去！

這夢一般的變幻，至少使這神經緊張的一男一女，停止了一分鐘以上的呼吸！他們——一個濃眉毛的武生，一個演悲劇的花旦，在這急急風的場面之下，待著！待著！他們簡直已扮成了戲臺上面「亮相」那樣的姿態！

可是，檯面上的戲劇雖很動人，卻難為了那一名過於賣力的配角！可憐的奢偉，當時只覺有一件比冰還冷的東西，像一個蟲鑽進乳酪那樣輕輕穿過了他的某一根肋骨；一陣冰冷的感覺之後，立即繼之以一陣火燒般的灼熱，他只覺全身的血液，悉數怒湧上了他的神經中樞；他感到一陣難堪的噁心；緊接著眼前一陣烏黑，彷彿整個的太陽的星星，都已打翻在他的眼簾之前！

自此他便昏然不省人事。

第十三章　一串問題

這不省人事的狀態，連續了一個不知怎樣久的時間。他只是昏昏然，昏昏然地，彷彿已墮入了一個夢魘織成的密網；有時，他好像被活埋到了一座幾千萬噸重的大金字塔之下，感到不可堪的窒息的苦悶；有時，他又像被一陣旋風吹進了大戈壁的沙漠，全身都被煩熱包裹了起來；更有一回，他夢見自己懸掛在一頂五彩的降落傘下，上升，上升，上升，好像已越過同溫層而飄進了無邊際的太空；在那裡，他看見美麗的月球，像是一個龐大的肥皂泡，在一縷爛銀細絲那樣的軌道上面飛旋；驀地，這月球忽而分裂成無數碎片，千絲萬絲爛銀那樣的月雨，飄灑滿了整個的空間，恍惚間他的身子隨著這繽紛的月雨竟從無際的高空之中，頭俯腳仰飄然直墮而下，卻跌進了一座爛銀那樣潔白的宮殿；而這宮殿裡，有冰雪雕琢成的潔白的牆垣，有冰雪雕琢成的潔白的器具；更有冰雪雕琢成的潔白而美貌的女子，悄無聲息地，在他身前躡足走來走去。

至此，他的靈魂已重履人世，而把意識之門微微推開了一線。

一次，他覺得有人，正把一樣什麼東西塞進他的嘴。他突然「掙」——這只是「掙」而不是「睜」——開眼縫，他發覺自己正睡臥在一間小小的臥室裡面。四周，幽悄悄地，聽不到跌落一枚針的聲息。這裡，有髹著白漆的潔白的門，窗，有潔白的沙發，小桌。而自己，正仰躺在一張白漆的小床上，蓋著潔白的被單。

他的第一個感覺，覺得自己好像已從原有的世界之中跌進了別一個星球裡。

奇怪的是，他所睡的那張床，被安置成一個斜坡形，他的身子，頭向下而腳向上，躺成一個倒栽的姿勢。並且，全身已被什麼東西，緊緊束縛了起來。他想轉側一下。咦！連動一動也不可能！他感到了一種輕微的驚駭，疑惑自己又和以前一樣，遭遇到了虎兕入柙的命運！

他努力撐起困惑的兩眼，搜尋著周遭的一切。只見這屋子的一隅，有一個女子，背向著他悄然站在那裡在寫什麼東西。那苗條的身影，在他迷惘的視網裡面好像有點稔熟。

這女子，白帽，白鞋，背後兩條交叉的白帶，繫著一個潔白的圍身。——這分明是一個看護的打扮。

突然，他理會到這是一個醫院。可是他還想不起，自己為什麼，會到這醫院裡來？他怔視著那個女人的背影，驀地想起了那個死神陰影下的姑娘；接連他又想起了自己所經過的一切；他恍惚記起自己，曾從易紅霞的家裡，亡命趕向一個地方去；他恍惚記起有一個人，正把一支手槍向那個姑娘扳機射擊；他又恍惚記起自己那時，曾捨命飛躍而前，因擋住那子彈的路線而吃到了一槍！

以上，好像都是真實的事情；想想，好像是一個夢。再想想，又好像不是夢。最後，他記起這完全不是夢而是事實；而且他記起，他所趕去的地方，是一家殯儀館；那個開槍殺人的傢伙，正是那個濃眉毛的武生。——他所能記憶到的一切僅止於此。但，以後呢？以後又怎樣呢？自己是怎樣到這裡來的？那個被壓迫的姑娘，又遭遇到了何等的情形？還有那個濃眉毛殺人的傢伙，以後，又演出了何等的戲劇？

凡此種種，他簡直茫然一無所曉。

這時，他雖已進入甦醒狀態，可是他的意識，卻還沒有恢復健全。他像暈船，又像酒醉；他覺得天地在旋轉，身子在晃盪。他的頭腦，彷彿已埋進了一片白茫茫的迷霧之中；他極力想思索，但他卻絕對無法思索。他想大聲呼喊，但終於沒有喊出來。不久，他迷迷糊糊，重又進入了昏睡的境界。

他第二次甦醒的時候已在夜晚。這墟墓一樣的空間只剩下他孤單一人。不知哪裡送來一點燈光，在他周遭抹上了一片淡淡的乳白。窗外有幾顆星，一閃一爍，刺促著他澀重的眼球。這一次醒來，他的頭腦，比較已清楚得多。他試著轉側一下，身子依然受著束縛；他感到一種不可堪的煩躁，全身彷彿受著炮烙的酷刑。尤其是喉嚨口，好像已被人放下了一把火，一種焦渴難耐的感覺，使他忍不住呻吟起來。

他不懂自己的聲音，為什麼竟會那樣的疲弱而無力？在這靜靜的夜裡，他自己聽著，覺得完全不像是自己所發的聲音。

幸喜，他這幽幽的呻吟聲，立刻已獲得了反應。

仍像白天一樣，有一個白衣帽的女子，一條魅影似的躡足走了進來，悄然扭亮了燈。

那女子輕輕走近他的床，低頭凝視了一下，向他嫣然一笑；這笑容帶點驚奇，也帶點神祕，好像在說：「啊！你居然清醒了！」

奢偉盡力擠著眼睫，以適應燈光的刺激。他伸出他的病犬似的舌尖，連連舔著他的枯燥欲裂的嘴唇，示意那個女子：他的嘴裡，乾渴得厲害，想喝點水。

奇怪！那個女子卻只向他笑笑，不開口。

「水！我要喝點水！」奢偉忍不住呼喊起來。——這短短幾個字，在他，認為已用盡了力，而實際，他這喊聲卻比一個蜜蜂的叫聲高不了許多。

那女子只是向他搖搖頭。

咦！這是什麼意思？他焦躁得幾要跳起來；他想向那個女子責問：「為什麼不讓自己喝水？為什麼要把自己綁縛起來？」

他還沒有開口，只見那個女子，急急伸出兩枚手指，按著她自己的紅嘴唇，意思不讓他說話。

只見她輕輕走上前來，伸手看著手錶：一手在他的太陽穴上，輕輕按捺了一會。她又把他的被單，輕輕整理了一下。連著，看她一言不發，輕輕旋轉身子，扭熄了燈，又輕輕走了出去。

這女子像是一個「天方夜譚」中的仙女，悄悄而來，又悄悄而去，簡直是來無聲而去絕跡！

這裡依然拋下了奢偉孤單的一個，卻讓無邊的寂寞，占領了整個的空間。

呵！想動，不能；想喝水，不許；想說話，不理。這是什麼理由？若在平時，奢偉先生遭遇到了這種情形，即便他的身上，被綁上了一條胡桃大鐵鏈，他也忍不住要跳起來，設法弄斷這鏈子而攫取他應得的自由！但在眼前，他甚至連弄斷一根線的氣力也沒有。

在萬分焦躁中他忽想起：自己在吃了一槍以後，也許，因子彈並沒有穿出胸腔而施行過手術；曾經聽人家說：凡是施行過大手術的人，有一個相當長的時間，要被束縛起來不許轉側；並有一個更長的時間，不許喝半滴水。看這光景，自己會不會已經被施行過手術，而才受到這種親善的待遇呢？

立刻，他果然覺得他的胸肋間的某一部分，好像有點麻木；也好像有點痛。

他想：假如真的施行過手術，那末，即使暴跳或呼嚷，也絕不會獲得較好的效果，那是無疑的。

無可奈何，他只得盡力耐住他的焦灼，準備再度回進睡鄉，尋求他的好夢。

可是過去他已睡得太多，眼前，無論如何，他已無法再睡。越是不能入睡，他越感到煩躁，渴熱，和寂寞；越是煩躁渴熱和寂寞，他越想轉側一下，喝一點水，和說幾句話解解悶。

他再盡力呻吟，但是沒有反應。

呵！轉側，喝水，說話，這在任何一人，都是最小限度的自由，不須唾手之間，誰都可以獲得。而在眼前的奢偉，卻已認為這是最重要而最迫切的需求。越是不能獲得，越感到這需求的可貴。

甚至，在這時候，他幾乎願意犧牲他的生命，以換取這幾件事，也在所不惜！可是他也辦不到！至此，我們這位奢偉先生，方始真切地意識到世間「自由」兩字的可貴！有時，連最小最小的一點限度，那也是花了最大最大的代價所不能獲得的！

可是，還好！人們的肢體，雖不幸而有時會遭受束縛，但，人們的思想，卻永遠不會失去他的自由。世上盡有許多人們，他們能以種種方法，約束另一人的軀體的自由；但，無論如何，他們卻沒有方法能禁止人家思想的活動。

夜，幽悄得像一片廣大無垠的曠野。奢偉的身子，雖已一籌莫展，而他的思想，卻開始了無韁野馬那樣的奔馳。

由於一切離奇的遭遇，都起因於那張高明的圖畫，於是，第一件事他就想到了那張圖。

當然，到這時候，這一紙圖畫在他心目之中已無復絲毫祕密之存在。一個三角，那不過表示三角戀愛；A與B，是代表著兩個敵對的角色；而一支手槍緊對著一〇二，是表示因三角戀愛而釀成的危險局勢；此外，另外幾個數字，是預示著危機爆發的日期。

那張圖畫中所提示的事實，不過如此而已。事後想想，這比小孩子們猜著玩的啞謎還要簡單。總之，一件眼前淺近的事，被一個很聰明的人，裝點成了一個神奇無比的啞謎；不幸，碰到一個更聰明的人，卻把這件眼前淺近的事，胡猜到了千里以外遼遠而不相干的地方去；甚至，還牽涉到什麼八打半與九打半島，又幾乎疑惑這一紙草圖，竟有關於整個世界大戰的局勢！這未免太可笑了！太可笑了！

然而這事情的發展，卻並不怎樣可笑咧。就為猜想得太聰明的緣故，自己已領受到了太聰明的酬報；也就為猜想得太聰明的緣故，差一點點幾乎眼看到那件可悲的戲劇當著自己面前而輕輕揭開了血濺的幕布！

他想：假使在早一天，甚或提早幾小時，就猜破了這可笑的啞謎，那末，無論如何，他不會讓這戲劇演成眼前這樣的局面。

想到這裡，他的嘴角，不禁浮上了一絲特異的苦笑。

他對自己吃到一槍，覺得無所謂。但他輕鄙著自己思想的遲鈍；他對自己因年老而退化的腦力，感到有點悲哀！

連著，他又想到那個把這圖畫送給自己的人。

那個人是誰？

有一點是可以吃定的：這一個人，必然很接近那個小京戲場的圈子；也必然很接近那個鬻藝的姑娘。否則，他怎能預先看到這事情的演變，而畫出這一張「推背圖」一樣的神祕的作品？

可是，細數那後臺混亂的一群，大半都是頭腦渾噩的傢伙，不像有人會弄這種花巧。有之，只有那個棕色圓臉的西裝青年——也就是那一天想和自己打招呼而並沒有把招呼打出來的那個人——看來，卻很有弄這玄虛的可能。

關於這，自己在未曾吃到一槍之前，十之八九，已猜定這一紙「天書」，是出於這傢伙的大手筆。不過，先前卻還吃不準；眼前想想，越想越無疑義。

第一，事前，自己在遊戲場裡，曾親聽得此人和易紅霞的老父，清楚地說起：——「我吃準這事大有危險！」的話，可見這位神祕的預言家，早已「夜觀天象」而預先推算出了這事情的演變。

除此以外，還有一個小小的證據：——在那張二十世紀的「推背圖」內，他把「二〇二」的數目字，諧著『易玲兒』三個字的聲音。從這「二」字上，可以看出：玩這把戲的絕不是北方人，而是一個南方人。因為，這去聲的「二」字，與平聲的「兒」字，在北方人的嘴裡讀起來，有著非常顯著的區別。但南方人，卻把這「二」、「兒」兩個字，幾乎讀成十分相近的聲音。

於此，可見畫這一張圖的人，決定不是一個北方的老鄉；而那個棕色圓臉的傢伙，在後臺習見的一群之中，恰是一個唯一的口操本地聲吻的人物。這雖是非常細小的一點，似乎也可以算作一個小小的旁證吧？

好了，這圖畫的含義，與這圖畫的作者，兩個問題，總算解釋出來了。

其次，第三個問題，那個棕色圓臉的傢伙，為什麼要把這張圖，送到自己的手裡呢？

這裡面，必然有些理由，這理由也該想出來。

唯一的理由，一定是那個傢伙，雖已看出了這件事情的危機，而他自己卻無法挽救這事情的危機；因此，他特地畫出了這張圖，把消息透露給自己，而希望自己能把這件事的危機挽救過來。

但，他怎麼知道自己會願意挽救這件事呢？其次，他又怎麼知道自己會有能力挽救這件事呢？

關於第一個問題，那很容易解答：一定，他見自己和那個姑娘相當接近，因此，他才把這艱難的工作移到了自己頭上來。

現在要問的是：他憑什麼理由，竟能吃準自己一定會猜出這圖畫中的啞謎，而又一定具有挽救這危機的能力呢？

難道，他已窺破自己的面目而知道自己是誰了嗎？

他從什麼地方，窺破自己的真面目的呢？

想到這裡，他突然想起那一天，自己在遊戲場裡打氣槍。第二槍上，曾因手臂的震顫而失卻了準的。這在細心的人物，必已看出自己的肩臂受著傷；而自己肩臂受傷的事，在一星期前，恰正宣傳於全市大眾之口。一定，那個傢伙，當時他也在場。從這一點上，他已窺破了自己的假面。因而他特地把那含有火藥味的消息預先透露給自己，而希望自己能在事前加以挽救。

對了，一定如此。但是，還有問題咧。

他既預知了那事情的危機而希望自己能予以挽救，那末，他為什麼不用比較清楚些的方式把這消息告訴自己，而要把這畫符一樣的啞謎，讓自己猜呢？

他在戲弄自己嗎？或者，他想試試自己的聰明嗎？那不會的。

他不用比較清楚的方式而用圖畫透露這消息，唯一的理由，只有：他雖懷疑自己是他心目中所想像的那個人，但是，也許他還吃不準自己一定是他心目中所擬議的人。因此他只把一種探試性的啞謎讓自己來猜想。

他一定是這樣想：如果自己正是他所猜想的人，那一定能猜出這啞謎中的含義；而也一定能依照他的預期，去挽救那件可怕的事情；萬一，他的猜測錯誤，自己並不是他心目中所猜想的人，那末，即使這一紙神祕的圖畫，流落到一個不相干的人的手內，至多不過隨手拋棄，必不至於引起意外的麻煩。這也許就是他的故弄玄虛的唯一理由？不錯，他這試探的方法，的確相當聰明吶。

這時，這位受著重傷的奢偉先生，困獸似的躺在病榻上面，他一任他的思想，像野馬一樣在幽悄悄的夜氣中間向前奔馳。他自覺他的思想之箭，箭箭都已中鵠，再也不會像先前的打氣槍那樣，竟會打成可笑的「一百〇二槍」。

不過，還有一點，他卻始終猜想不出。那就是，在那張弄玄虛的圖上，明明留著一個非常確定的日期。那個棕色圓臉的傢伙，他憑什麼理由，竟能在這圖上，留下一個那樣確定的日期呢？

更可怪的，還有那濃眉毛的殺人的武生，居然會很馴良地依照這「新式推背圖」的預示，而真的在這被指定的日期，演出了這可怕的武戲。他為什麼不能在提前幾天演出？又為什麼不能遞後幾天演出？他又憑著什麼理由，一定要選中這「二月二十六日」的固定的日期，上演他這精彩無比的全武行的戲劇呢？

難道，他這拿手傑作，真的也像舞臺上的戲劇一樣，一定要等貼出了海報，而後才能「隆重登場」嗎？又難道，他這精彩的武劇，必須選擇了曆書上的「黃道吉日」，而後才能「榮譽演出」嗎？

否則，那個棕色圓臉的傢伙，從哪一點上，能預測出這可怕的殺人的日期呢？

以上這一點，卻是那張圖畫中的很細小的一點，然而這很細小的一點，也就是全部祕密中的最不可索解的一點。

他想來想去，想不出其中的所以然來。

第十四章　棕色圓臉的傢伙

以倒栽的姿態，躺在斜坡形病床中的奢偉先生，竭力探索著那張二十世紀「推背圖」上的最不可索解的一點，但是他想來想去，卻想不出其中的所以然來。

他卻始終揣測不出，就是在那張弄玄虛的圖上，憑什麼理由，那個棕色圓臉的傢伙，竟能在這圖上留下一個那樣確定的日期呢？更可怪的，還有那濃眉毛的「主有殺氣」的武生，他居然會大膽地上演他這精彩無比的全武行的戲劇，但是又怎會如一頭羔羊似的，偏偏會如此馴良地按照這圖上的預示，真的在這被指定的日期：「二月二十六日」這「黃道吉日」、「隆重演出」這毒辣凶狠的慘劇呢？

這位受著重傷的奢偉先生，腦神經相當衰弱，他雖有思索的能力，雖然他的思想之箭，箭箭都已中鵠，但對於這一點，對於那張圖畫中的最細小的一點，卻無論如何在短時間內揣測不出所以然來，他分明知道他自己現在的處境，還是離「生」遠而離「死」近，所以他立即「適可而止」、「懸崖勒馬」了，他準備安靜下心來，讓他的「思想之箭」暫時休息一下。他所以如此打算，他有他的理由——

第一，他記得：他在遊戲場裡打過「一百○二」槍之後，得意地準備返回他的寓所去時，他碰到那位打靶失敗的小英雄，那個小弟弟遞給他一張說是他——奢偉先生——遺落的「檔案」；當他看到「他」遺落的「檔案」的內容中，有著一個標明著「一○二」數目字的被射擊的標的時，和在街路上偶然聽到賣報孩子高喊「八打半島」時，他——我們的奢偉先生——不是曾經「靈機」一動，把「一○二」當作了「八打半」島，而鑽進了「牛角尖」中去？「興師動眾」，匯合了許多許多的人力物力，從電訊中，從圖片中，去研究這張圖畫與「八打半島」的關係。

但是，結果都是白費時間與精力。原來，當他知道易紅霞姑娘的妹妹的小名叫「瓏兒」，而間接明瞭了易紅霞的小名是「玲兒」，更因之完全徹底明悉所謂「一○二」即是「易玲兒」的諧音，而那張怪圖上所要他挽救的「一○二」，並非遠在九百十浬之外的「八打半」島，卻是差不多與他天天相見的「易玲兒」時，豈不是這謎底，恰是符合了兩句俗話，所謂「踏破鐵鞋無覓處，得來全不費工夫」嗎？

因此，奢偉放棄「新式推背圖」上的「日期」的揣測，是避免自己拚命向「牛角尖」中去鑽，而或者可以從偶然中觸機得到答案。

其次，奢偉先生明白，他困獸似的躺在病床上，決計弄不出什麼花樣來的。這應歸咎於他的腦力與體力，他神經衰弱而且不能動彈。神經衰弱，失去進一步思索的能力；不能動彈，失去了幫助思索的能力；換言之，不能動彈，當然無法找尋關於這一可疑之點的蛛絲馬跡；沒有情報，憑空幻想會產生出怎樣的好結果來呢？

因此，奢偉之放棄「新式推背圖」上的「日期」的揣測的第二個理由，是準備在病體恢復之後，再「全力以赴」地去探索；現在，在病床上憑空懸想，不但不能找尋到答案，反而足以影響自己的病體。

基於上述二種理由，所以，奢偉先生準備放棄一切徒勞無益的空想，讓他衰弱的腦細胞靜靜休息一回。

但是，或者是適才他的「思想之箭」射擊過猛，一時難於收煞；因之，奢偉先生雖然想休息一回，事實上已失去了自制之力。

他的「思想之箭」在「二月二十六日」上遭遇了「勁敵」，深厚的堡壘堅不可破，碰住了壁，於是，雖無「預定計畫」，但也只得「撤換新陣地」，退到三角邊沿上，先探索清楚，三角之中的圓「葫蘆」裡，究竟藏的是什麼藥？

不錯，在本刊十二月號裡，筆者複製出來的一張高明的「廿世紀的推背圖」中，所有的謎底，除了奢偉先生無力揣測出來的「二月二十六日」，和目前所說的三角中的圓「葫蘆」之外，所有已全部解釋清楚了。

自然，諒讀者諸位，既然於「二月二十六日」的謎底無從揭曉，也定必急於並且願意「撤換」一下「新陣地」，知道另一個謎底的吧！

不但是讀者諸位，就是筆者又何嘗不想獲得另一個線索，而進一步（如果有可能的話）幫助奢偉先生解決「二月二十六日」的問題呢！

那末，且聽聽奢偉先生對於圓「葫蘆」裡的「L·C·」做怎樣的，和是否合理的解釋吧。

一個三角，那不過表示三角戀愛——奢偉先生的腦海裡又在奔騰翻滾——而兩個尖角上的兩個字母：「A」與「B」，也就是代表著兩個敵對的角色。但是，三角之中的一個圓圈，是什麼意思呢？再說：圓圈中的「L·C·」，又是什麼意思呢？

奢偉不得不想得遠些的過去了。

捽著蓬鬆長髮，穿著藍布罩袍的奢偉先生，從遊戲場裡進進出出，差不多已有三年的歷史。京戲班裡，後臺的角色，和臺下的「玻璃杯」，他雖然很少和他們交談，但由於他具有獨特的識見，已把他們的舉止行動，井然有序地深深刻劃在心版上。

前面也已經說過，奢偉先生的猜想，作這幅怪圖的「畫家」絕不會是別的渾渾噩噩的傢伙，必定是那位棕色圓臉，曾經想和自己打招呼而並沒有把招呼打出來的傢伙。那末，事情就非常簡單，要知道「L·C·」個中的玄虛，只消去請問這位傢伙就是了。

然而，這種想頭卻應該打嘴。因為如果那個傢伙，真肯當面答覆這個謎底，又何必故弄玄虛，造一幅怪圖出來呢？而且，即使他真肯回答，目前他並不在這裡，又怎樣個回答法呢？無法，只得再進一層想想。

再進一層想想，這位傢伙為什麼要製造這一幅怪圖，它的原因何在？他的如此清晰地知道易紅霞姑娘，和她的小名，包圍她的「A」與「B」，甚至並不「漲價」，也不打「折扣」地正確明瞭發生慘劇的日期，可想而知，他對這件事也是非常注意。

其次，這位棕色圓臉的傢伙，以前，奢偉先生曾經有意無意地請教過他的「尊姓」。姓張，弓長張，後臺的正角兒到跑龍套，都趕著他叫「張先生」，或者「小張」。那末，「張」，「Chang」，「張」，「Chang」，咦！咦！「小」這個字在英文裡不是「Little」嗎？如此，圓「葫蘆」裡的藥已經知道了：是「小張」，是「LittleChang」，是「L．C．」。

最後，製造怪圖的這位先生，為什麼要把自己送進這圓「葫蘆」去呢？而且，在這圓圈之外，還有一個三角？說他是「圈」外人，明明關在圈內；說他與三角無關，但是，又偏偏鑽在三角之中。

奢偉雜亂地把所想到的湊攏起來，得出了如下的結論——

棕色圓臉的小張，至少是非常同情這位坤伶易紅霞姑娘的身世，甚至，或者也有戀愛她的暗流潛伏在他胸中。

總之，他對於她的，和包圍住她的各式各樣人的動靜，隨時隨地，都不肯放過它們，而注意著的；因此，他能夠非常準確地知道，她將在何時何日，要遭遇到不幸的事變。

但是，或者他沒有能力，或者他有能力，但是已經窺破了我的行蹤，知道自己有更多的力量會去保護和挽救這位易姑娘的生命，於是他把這重任卸到了自己的肩上；而同時，他也在暗中隨時隨地幫助我進行；本來他可以直接向我訴說，這一幕悲劇將要上演的緣故、日期、地點，但是他恐怕他自己錯認了人，把機密要事告訴一個真真的「大傻瓜」，因之而為好反成歹，弄壞了整盤「棋局」，於是他布下了這幅推背圖。

至於，他在圖上留下「L.C.」這一個他的「大名」的記號，是證明他並不怕事而匿名告發，而坦坦白白地承認這是他本人做的事，如此而已！

但是，我們看遍漫畫冊子，從來沒有發現過作者的名字大大地安放在漫畫中間的。他的這種「獨樹一幟」的作風，又是什麼理由呢？這樣，似乎適才所猜測的「一人做事一人當」，未免太簡單。

如果再進一步想，那末，或者是這位棕色圓臉的小張，一定在向我表示：他在這整個三角戀愛故事中，詳盡地知道一切的發展過程，因此，這是他所以「躲」在這三角之中的理由；而他的「L.C.」又緊緊裹住在圓圈之中，無非恐怕我纏誤，他把「L.C.」放進三角是表示他已占有了這三角的記號，因之，他特別道地地用圓圈替他自己分一道「不相授受」的界限，分清在局內人與局外人的界限。這樣的揣測，大致又中了鵠的。

奢偉先生明白，雖然小張為他自己的身分撇清，其實他也正是其中之一員，否則他絕不會如此清晰地明瞭一個不相干人物的私生活和其他的關係。由此，他單戀易紅霞之深，以及要挽救她生命的用心之苦，也可見一斑了。

如此，奢偉先生又發掘出了一個謎底，一縷笑意也隨著在他的嘴角上一閃。至此，僅僅只有「二月二十六日」，這一個確定日期的由來，還沒有獲得線索，這是需要等待病痊後，放出全副精神去探索的了。

雖然只有一個疑問還沒有得到解決，而且他還是在重傷之後，無論腦力和體力，都不曾恢復到傷前的百分之十的樣子，理該靜下腦子不再亂想；但是他不可能，在這漫漫長夜裡，他總無法安靜。

除此以外，在那張圖上，另外還有一點，他也不曾獲得確定的解釋。就是：——那個三角中間，有一個小圈，圈子裡，有L和C兩個西文字母，邊上各附有一小點。這是什麼意思？他也想不出來。最後，他覺得這一點已不能單憑懸想找尋答案，而必須有待於別方面的探索。思想至此碰住了壁，差不多已無法再前進。

漫漫的夜，悠長得像一條走不完的路。煩躁混進了他的血液，每一秒鐘在增加。思想活動時，煩躁略減；思想略停，煩躁更甚。無可奈何，他只得開足了腦神經的機栝，繼續再向亂想裡面鑽進去。

於是，他又想起了他中槍倒地前的一剎那。

想到當時的情景，立刻，有許多布景的材料，在他腦膜上面開始移動：殯儀館的牌子、煤屑路、竹籬、空地、手槍、濃眉毛，這些零星而紛亂的東西，漸漸在他眼前，湊成了一幅圖。在這流動性的圖內，那個殺人的傢伙，像一頭發瘋的獅子被灌醉了酒！一手執槍，扳機待發！由於盛怒，他的手在發抖！那支槍的槍口，距離那個姑娘的胸膛，不到一尺寬！

因為當時的演出真像閃電那樣的快！在那個時候，似乎並不感覺到這局勢的緊張；實際上，卻因他的太緊張的神經，已使他無暇感覺到這局勢的緊張！但是，眼前再想想，覺得回想比之事實反而加倍的可怕！

在回想中，有一件事使他感覺到很可怪。

他記得：當時那個姑娘，雙足站在那條死亡的邊線上，她竟全無懼怯。看樣子，她把那支槍，簡直看到像舞臺上的木頭的道具；她把對方的濃眉怒目，完全看得像戲劇中人所戴的虎臉子。她非但不怕對方馬上開槍，甚至，她還把一種輕蔑的眼色，在訕笑對方：「為什麼不快開槍？」

在過去，他只知道這位姑娘性情非常溫柔；他從來沒有看出，她在溫柔之中隱藏著如此的倔強。他只知道這位姑娘為人非常懦怯，卻從來不曾發覺，她在怯懦的後面，會掩飾著這樣的一份剛烈與勇敢。

他越想越感到那個姑娘的勇敢。

而且他覺得：自己雖然和那個密斯脫死神，上了一個大釘子，結果，卻把一個勇敢得可愛的少女，從死神手內，強劫了回來。這事情，似乎不能算是做得怎樣愚蠢。而且，更使自己欣喜的，果然這個勇敢得可愛的少女，與二十一年前他所熟稔的，旨趣相同的另一個少女，完全一模一樣的，具有內藏剛烈，和外貌溫柔的性格！

然而那個二十一年前的少女，與目前這個少女，實際上卻是毫無關係，即使她們有相同之點，但是以時間推算起來，至少已隔了差不多一世紀的四分之一了。而要緊的，是目前的那個姑娘。她，要是在這一剎那，她與那個武生之間，沒有陡然地跳進了一個自己去，也許早已「香消玉殞」，魂歸奈何天去了！

幸喜在這千鈞一髮之際，我代她受了這場災難。那個武生，瞄準了目標，扳動機栝，「砰——」的一槍，一顆滾燙的，火紅的，應該射進那個姑娘的胸膛的子彈，無情地鑽進了自己的肋骨，自己搖晃著，搖晃著，倒了！

之後呢？之後自己就不省人事了。等恢復知覺時，自己已經躺在這個斜坡形的床上了。

但是，之後呢？說得明白一些，在我倒了之後，不省人事之後呢？

在奢偉先生「倒了」之後，「不省人事」之後，武生金培鑫又做了些什麼危險的事？易紅霞姑娘是否脫險了呢？說不定在自己暈去以後，濃眉毛傢伙又接連放射了兩槍呢？如此，則……

思想至此，奢偉先生似乎聽到「砰——」一響，接著，又連線聽到「砰——」、「砰——」兩響。他的腦膜上，突然浮現著一個胸前噴射出血泉的少女，向地下倒去，倒去……接著，奢偉見她，雙手捧住胸懷，面色一陣青，一陣白，不時的痛苦地痙攣著，咬著牙，發出低弱的呻吟聲；不過又過了二三秒鐘，但見她在高低不平的，石卵子鋪成的地面上，翻滾到東，翻滾到西，結果，她是停止了動彈，停止了呻吟，絕無聲息地，躺倒在鮮紅的血泊中了。

「啊——」

奢偉不自覺地用出了四十年前吃乳時代的氣力，極聲地叫出了上面的一個字；隨著，他的衰弱的心房和衰弱的腦海都在急速地砰跳，使他消瘦的面頰痛苦地一陣陣地痙攣著，他竭盡全力，又大聲呼叫：

「姑娘！易姑娘！」

此際，奢偉突然覺得眼前一亮，使他從恍惚中清醒過來，從回想中回到現實。他，睜開沉重的眼皮，向髹著白漆的，在燈光中反射出耀眼的光來的病房中，勉強定睛「巡禮」了一回。所收進他的眼簾的，是那個白帽，白鞋，背後兩條交叉的白帶，繫著一個潔白的圍身的看護小姐。

他，奢偉先生見到站立在床前的女子，好似獲救了似的，在斜坡形的病床上掙扎著——想起來——而且還叫著：「小姐，請幫助我起來，我要去救那個姑娘，我要去救她！」

但是，他失望了！他的反常的過於興奮的，也可以說是「歇斯底里」的動作，並未獲得迴響。相反的，那位看護小姐還是輕輕地用兩條手把他按捺下去，表示不接受他的請求；同時，不說一句話，只從櫻桃般的小口裡：「噓——」的一聲，阻止他說話和禁止他這種有礙病體的瘋狂動作。

但是，奢偉先生卻完全變成了任性的小孩，完全不肯聽從大人的囑咐似的，他在兩條柔軟的，但按捺在奢偉的病體之上，恰像兩支鐵腕的鐵掌之下，拚命的掙扎，迷惘地繼續大嚷著：「姑娘，那個勇敢得可愛的姑娘呀！」

然而，一瞬之間，他覺得，他的衰弱的身體之上，已失去了兩支鐵腕，再一瞬間，在他的面前，光明又忽然消逝，被無邊無際的，深不可測的，高不可攀的黑暗統治了他，統治了這一位心頭焦悚的，受著重傷的奢偉先生。

他苦惱，煩悶，心房裡恰像有千頭萬緒無論如何不能徹底解決，無論如何無法梳理得清。而且，他眼前又是一片黑暗，又失去了可能扶助他的人。他孤獨，寂寞，他苦痛地，喃喃地自言自語著：「姑娘，姑娘，易……」

奇怪呀！怎麼燈光又倏地亮了！他費力地睜著眼，他認清了，在這病房中，除了適才的看護小姐之外，另外還跟隨著一位，同樣穿著白色外衣的男子。他，奢偉先生疑心是她去請來的，特地為了要援助他的人。因此，他又極聲叫道：「幫助我，幫助我起來，我要去援助那個可憐的姑娘！」

穿著白色外衣的男子，緊蹙著眉尖，低低地向看護小姐說道：「思索過度，神經太衰弱了，只有替他再打一針……」

奢偉先生見她沒有答話，僅僅連連地點著頭。

他預備不顧一切，再向他們呼籲：不錯，為了易紅霞姑娘，他險些與密斯脫死神認了「郎舅親」，如果她照舊犧牲在那個濃眉毛傢伙的，無情的鐵丸之下，他，他的奔忙，他的中槍，他的現在痛苦地，困獸似的被捆紮在這病床上，豈非一切等於「流水」？他要……

此際，他感覺到大腿上被蚊蟲叮了一口似的，隱隱有些作痛；隨著，他的腦海裡，一切紛亂無序的思緒，都「逃之夭夭」了。

他的腦海裡說是空虛，並不空虛，說不空虛，但是卻一點什麼都記不起來。他的意識已完全模糊，變成一個沒有思想的人了。

甚至，又隔了幾秒鐘，他的眼前的一切，也開始模糊了。他分辨不清，站立在病床面前的白鞋、白帽、白衣服，僅僅變成了一團白，擴大，擴大，模糊，模糊，擴大到，模糊到什麼也不再可以辨認出來。

至此，他又昏昏沉沉，跌進了睡夢的境界去。

第十五章　二月二十六日的謎底

冬天，每每我們可以聽到有人在祈求：「春天快來吧！」因為，正如眾所周知，冬天是寒冷得叫人相當難受的，誰也厭惡它，不歡迎它，除了不知寒暖的，無靈魂的傢伙。誰也希望它快快「滾蛋」，誰也渴求著「春回大地」、「春到人間」。

相同的，誰也酷愛黎明，憎惡黑夜的。黑夜裡，人們所挨熬的，是：恐懼的、焦悚的、寒冷的，一分鐘如一天、一月、一年般悠長。黎明則相反；它給人們帶來了光明，溫暖；光明指示人們向人生旅途中邁進的正確的目標，溫暖的陽光，愛撫在「旅人」的背上，增加了旅人前進的勇氣。因此，在人生的旅途上，不甘後退的人，是都歡喜光明的。

當然，這也是同樣的。悠長的黑夜，給奢偉帶來的，是紛擾、焦悚、寂寞、煩惱！

如果他的「思想之箭」，絕無阻擋地，儘管向「牛角尖」中鑽去，而沒有大腿上的蚊蟲似的一刺。沒有在此「一刺」後的一剎那，模糊了意識，失去了知覺。那末，在這漫漫的長夜裡，也許，奢偉會思索成一個瘋狂的人，甚至，因之而影響到他的不曾恢復健康的病體，而發生不幸的變故！

但是，畢竟靠了此「一刺」之後，幫助奢偉，平平穩穩地渡過了這可怖的黑夜。而當他疲乏地，想睜開眼睛時，一線光明，緊緊地射進了他的半開的眼縫中。

奢偉先生感到口渴，同時，或許是昨夜思索太甚之故，頭腦中微微有點脹疼，而耳膜上，也似乎有一種不可見的槌子，在不斷地槌著，發出了「嗡嗡嗡」的煩人的聲音。

他感到不適，也感到口渴，想睜開眼睛看一看昨天的那個白帽、白鞋、繫一條白圍身的看護小姐是否在這裡，想要求她給他一些醫院裡所可能允許給他喝的飲料。

正在此欲睜未睜之際，猛然間，他的耳膜上，被一個熟稔的沙啞的叫聲，重重地刺了一下，他立即中止了他適才的想望，而假裝著熟睡，要聽一聽這些談話。

這熟稔的沙聲是誰啊？

諸位讀者，諒來不至於健忘到連這個沙聲也記不起來。雖然諸位讀者都牢牢記著，但是，筆者可並不放心，仍舊要不憚煩地告訴讀者的。

他是——身上穿著一套臃腫的西裝，一張橘皮色的臉，加上一撮小鬍子的，著名的「法學家」，同時，又是本埠各嚮導社中的一個有經驗的「被嚮導者」——我們早已認識的孟興先生。他正在低低地，然而相當興高采烈地，在和什麼人談著什麼。

刺進奢偉耳膜的第一句話，顯然已是「中場」，離「序幕」很遠很遠，因此，雖然相當讓我們的奢偉先生引起注意，但是，他卻摸不著頭緒，這一句話究竟是指誰而言。

孟興從他的沙喉嚨裡，擠出來的沙聲，是：「……我必定把他的身體，一段段切開來；再把他的一段段片成片，然後，嘿嘿！有心再這樣繼續下去工作吧！把他的一片片剁成醬；於是，把他的醬……」

至此，奢偉聽到了另一個，他所熟識的聲音。那個聲音是冷冷的，相當挖苦的，阻止了孟興的不著邊際的，「聊齋」式的奇談，說道：「老孟的主意真不錯，把他剁成了肉醬，裝了瓶，再在報紙上大吹一下，倒可以大大撈一筆意外的『外快』哩；是不是？可是，在這種米珠薪桂的非常時期，老孟，我勸你還是不必如此傻，節省點時間吧。第一，剁成醬要時間；第二，收買舊瓶又要時間。所以，你還是幹你的老本行吧。」

從這語氣聲調裡，奢偉先生知道他是余雷。他，讀者們也早已久聞他的大名了吧？他是：長著一張五官秀整的臉，眉宇間呈露著一股掩飾不住的真摯與活躍的，二十多歲的青年。由於他身段瘦小，更由於他的「尊姓」與「大名」，是「余」「雷」二字，所以，不論他所相識的朋友，或與他共事的同事，都稱呼他為「小魚雷」，或「袖珍魚雷」。

魚雷是一種被某一方放置在海中或江中的，藉以使敵對一方的船隻，觸到它而立即船身炸裂、沉失的武器；但是，如果事先謹慎防範，而永遠與它避免「見禮」，則萬萬不會發生諸如上述的不幸情事。

孟興的話所以會「觸」上「魚雷」，而被「炸」得「一塌糊塗」，還不是他咎由自取，他的說話，「駛」出「路線」之外一萬八千里之故？

不錯，仰天說「不知所云」的大話的人——新名詞（？）叫做「吹牛皮」——往往會冷不防，被人塞住嘴巴，弄得啞口無言；或者，被人拆穿「西洋鏡」，弄得醜態畢露。然而，實事求是，穩紮穩打的人，則最後還是能夠不動搖陣地的。

孟興此際似乎頗為訕訕然，他，只得老著面皮，「轉移陣地」了！奢偉聽他已換了語氣，說：「好啦！好啦！『小魚雷』，炸得夠啦！小余，為什麼你這樣鉗牢我，不放鬆一步?你看，我們的首領不是好好地睡在這裡，沒有答應『老閻』的邀請，去過清明節嗎?我不過是說說玩的，我不過是說，假如我們的首領，犧牲在那個武生手裡的話，我要把他……」

此際，躺在病床中的奢偉先生，偷偷地微睜開眼來，想看一看這二位此刻各有如何的滑稽表情。然而，因為他正以頭在下，腳在上的倒栽姿勢，躺在斜坡形床上的緣故，他僅僅能夠看到懸在房頂上的白殼罩的電燈，之外什麼都不能看見。

雖然他的視線受到限制，不過他的耳朵是自由的，他不能看，但是他能夠聽，他不能直接看到二位的表情，但他能夠間接聽到他們的表情。

他聽到余雷的表情不大妙，沒有說話，僅僅從鼻管裡「嗤——」的表示他的「敵人」已經失敗。

然而，壞了「喇叭管」的「留聲機」，倒又開足「發條」了!「麒派」老生又興高采烈地賣力演唱著:「喂!我的『袖珍魚雷』，停止舌戰吧!來，我們談一談，我們自從得到這個不幸消息之後，約定『分道揚鑣』，各憑各的本領探索這出事的近遠因，現在，交換一下彼此探索的過程怎樣?」

此時，余雷與孟興講和了，他熱心地兜搭上去，說：「自然，昨天一整天的辛苦，諒不致白費，總有所獲的。而且，或者由於彼此的交換，而會得到更多的線索。」說到這裡，「魚雷」又爆炸了：「現在，且先領教領教，老兄怎樣會把金培鑫切成段，披成……」

顯然，孟興有過類似阻止的表示，否則，怎麼余雷不繼續說下去了呢？而代之而起的，卻是孟興的「賣夜報」的喉嚨：「哎！好啦，好啦！——至於說到有無所獲，我不敢在你『孔夫子』面前讀《三字經》，我只把昨天探聽所得，拉什作一個約略的報告。」

「請！」

這是年輕的甜潤的嗓音。

接著，是沙啞的聲音：

「昨天：京戲班的前臺與後臺，顯得十分紛擾混亂。原來，貼出的大軸是《失》、《空》、《斬》，那位老生戈玉麟，在《空》後下場的時候，大肆咆哮，他說：『什麼？易姑娘跟金老闆不是告什麼病假，他們連影子兒也不見，知道他們幾時回來？這樣不加包銀，要咱天天唱大軸，可不幹！明天，咱也……嘿嘿！』」

「那末，戈老闆！」是那個「抽水馬桶」的聲音：「您老就別等待到明天，爽爽快快您此刻就別』哭』，我們吵塌了場，『拉倒！』……」

余雷茫然地插進去問：「為什麼不要『哭』，『哭』又哭些什麼？」

孟興勝利地大笑，繼續著說：「著！小余，你也有『聰明一世，矇瞳一時』的時候吧！讓老大哥來告訴你：諸葛先生斬馬謖的時候，不是他老先生要『揮淚』的嗎？『別哭』，就是抽水馬桶叫他搗蛋，不唱《斬》下去。」

余雷不耐煩地說：「老兄，這些無關緊要的話，你省了吧！講要緊的事要緊！」

「快了！快了！你等等，我總得一句句說下去呀！其時，一個臉上塗滿了五顏六色的傢伙，模樣相當怕人，然而他卻有著一顆慈悲的心，雙手放在『靠肚』後面，唉聲嘆氣地說：『唉！唉！易姑娘不知被那個凶橫的金老闆，軋到哪兒去啦！死活不知，怪可憐的！』」

余雷真的有些惱怒了，狠狠地說：「老孟，這是聊閒天的時候呀！」

「對！對！我知道——其時，一個暗角落裡，有兩個人在竊竊私議。一個女的，她的頸脖子下扭著痧痕，身段瘦削；一個男的，站在她的面前——他穿著一身不大漂亮的西裝，面色帶些棕色，臉龐滾圓，看模樣不是戲團隊裡的人——左手插在褲袋裡，右手忽上忽下，或左或右地，滔滔地在談論著他們——易紅霞與金培鑫——的許多許多的事情。」

至此，耆偉又引起了注意，他準備豎起雙耳，一字不漏地捉住孟興的說話。因為耆偉先生十分明白，關於易紅霞的事，只有此公知道得最詳細。只要看他以前對於易紅霞的一言一動，一顰一笑的過分的關心，就可斷定他對於易紅霞姑娘的現在的行蹤，也是必然瞭如指掌的。

雖然當他得知了將有不測的大禍降臨到易姑娘的頭上，或者急於想挽救她的生命，感到他自己能力的不夠，而把此重任委卸給自己，似乎表面上已卸了責任；但是，事實上，他是絕不願，也絕不放心，就此置之不聞不問。或者，他曾暗隨在自己的左右，靜觀一切發展，必要的時候，也「下海」串演一個角兒。如此，在自己中槍倒地，昏暈之後的一切變化，他反知道得清清楚楚的吧？

基於這個理由，因此，耆偉先生雖然感到口渴難忍，他卻仍舊忍耐著，靜聽孟興的「下文」。

此時，也是感到口渴吧，孟興舔舔嘴唇，擠出他的沙聲，繼續講述他所聽來的話：「我聽到那個中年女人，非常焦悚地在問：『小張，畢竟我們的易姑娘喪身在濃眉毛手裡啦！您瞧！到今天還不見她的影蹤！』然而那個小張只是淡淡一笑，回答說：『放心！我擔保金老闆不曾把易姑娘弄死，她還好好的活著，活在醫院的病房裡。』

『那末，準是她傷了？』

『不錯，受了傷。但是，不是被金老闆打傷的，而是，她為了救一個人，救一個就是這一次救她的人，才受了傷。』

顯然，這幾句莫明其『土地堂』的話，引起了中年女人的駭異，她急速地問：『易紅霞沒有死？她反而救別人傷了？進了醫院？小張！那末，我們的易姑娘進的是什麼醫院？救的又是她的什麼人？再有，金老闆又到哪兒去啦？』

這一連串的問題，這位滾圓臉的西裝傢伙，卻一個都不給答覆，還是淡淡的一笑，只是說：『你問的我什麼都不知道。』他又是一笑，分明他什麼都知道，而故意掩飾不知。『不過，金老闆我倒知道他的去處，他滿心高高興興的挽了易姑娘的手臂，踱進殯儀館，雙雙擱在大禮堂中，來一個冥婚的儀式，但是他失敗了。事實不曾如他的願，反肇下了大禍，他，求助於他的有高跟皮鞋關係的趙海山，但是，事情比較大，似乎非此公所能援救，於是他走了，走到另一個地方去了』。接著，他又說：『怪只怪，金老闆偏偏要揀選這個二月二十六日的黃道吉日，否則，如果提前一天，那末，我們的易紅霞姑娘，就要壽終正寢了！』

『那末，幹嘛我們的金老闆，偏偏要在達一天，跟我們的易姑娘鬧彆扭呢？』是中年女人，在迷惘地詢問。

西裝傢伙若有所感地，嘆息地說：

『你不記得了吧？去年這一天——二月二十六日——不是金老闆要求我們的易姑娘，雙雙挽著手臂，上大酒樓的禮堂去舉行訂婚禮？其時，易紅霞不是如此回答說：過一年再說嗎？所以，今年此日，既然易姑娘不肯答應金老闆的要求——挽著手臂，同上大酒樓的禮堂——我們的金老闆，為著要留一個終身的紀念，才選擇了這一個隔年的黃道吉日，硬逼我們的易姑娘，挽著手臂，同上殯儀館的大禮堂去。……』之後，小余，我不再聽到什麼了。」

奢偉先生實在不想「醒」了，他樂於「睡」著聽他們兩人講述彼此所獲得的情報。即便就是僅僅孟興一人，給予他解答了多少的難題目。第一，他知道了那位易紅霞姑娘依然健在；第二，從「救了一個就是這一次救她的人」的一句話上，知道了易紅霞姑娘已經受了傷，是為了自己受了傷，然而並無大礙，這，可以從另一句「她還好好的活在醫院的病房裡」的話上測知；第三，自己又在無意中揭曉了一個謎底，一個思索了多時，不曾獲得答案的，「二月二十六日」的謎底，這，簡直使他高興得要從床上跳起來。

但是，易姑娘為什麼會救自己的，怎樣知道自己就是捽著頭髮的，穿著藍布罩袍的，五十上下年紀的，神氣頹敗的「大傻瓜」呢？除此以外，她是用什麼方法救了自己呢？

這一連串問題，又在奢偉先生的腦海中盤旋，他放射著他的「思想之箭」，急速地前進！前進！結果，他中鵠了一個目標。那是，他記起了自己手指上，套著的那隻鯉魚戒指。它，曾經被易姑娘不止一次地討索過，和羨慕過；但是，它是自己的，數十年來未曾離手的，心愛的標幟，因此不曾滿足她的慾望；然而，她必定是相當深刻在記憶裡的。她之所以知道，救她的，穿著一身「叫得起」的西裝的三十開外的人，就是那個「大傻瓜」的化身，無非她發現了自己手指上的鯉魚戒指。

至此，不但了卻了一筆「宿債」——「二月二十六日」的啞謎——而且又知道了她的健在，和她曾經報他自己的恩而受了傷，躺進了醫院的病房。不過她是怎樣救自己的呢？為了相救自己，所受的傷，有沒有危險呢？

謎，恰像走馬燈似的，去了，又來了！永遠解決不清。但是，這兩個問題，好在還有一個未曾開過口的余雷在著，或經他的一開「金口」，就什麼都可以解決了。因此，他依然靜靜地躺著，雖然口渴得要命，但是卻私自壓抑著，不想去打擾他們。

「現在是輪到我了吧？」果然，此際余雷說話了。「那末讓我也來一個開場白』：要是這一次，Mon Chief因為流血過多，同時又偏偏因為『輸血會員』，為了他們的此『血』與彼『血』的價格相差懸殊，要求加價，罷工著，得不到一個輸血者為他輸血，而回到了『老家』，那就不必多嚕嗦。但是，如果他由於那位姑娘的『熱誠輸漿』，幸而得起死回生，回覆了康健，和病前一樣站在我們的面前，談笑自若，那末，老實不客氣，我先爽脆地揍他兩記耳刮子！」

這個「異峰突起」的「開場白」，使奢偉大吃一驚。差不多與他思索同時地，孟興也驚異地問：

「為什麼？」

「為什麼？」余雷靜靜地反問，接著說道：「我們的首領，幾十年來，幹過多少扶弱鋤強的俠義的偉業；而這次，他竟為了這個不相干的姑娘，險些犧牲了自己的生命。這種舉動，是否為我們所滿意，真是愚蠢到如何地步？所以，你想，要不要請他嘗嘗耳刮子的風味？」

……

誠然，我們的奢偉先生，數十年來，他幹了許多「不及備載」的鋤強扶弱的偉業！而這一次，為了這個無名的鬻藝的姑娘，耗費了差不多整整三年的時間，每天以「大傻瓜」的姿態，出現於京班戲的臺下和後臺，終於，又釀成了這個險乎不可挽救的慘禍，難道他真的是年邁無用，或者是別有原因？

如果說別有原因，這原因卻又安在？

請讀者諸位耐一耐心，讓筆者暫時把孟、餘二君的談話擱一擱，輕輕俛開一幅布滿了塵埃蛛網的二十一年前的舊幕布——

第十六章　廿一年前可歌可泣的舊帳

如果要從頭算起，即應該不是二十一年，而是二十二年之前的「舊帳」了。

二十二年前，魯平正是年富力壯之時，風度翩翩，朝氣勃勃。——他根本連自己也意料不到，在二十二年後的今天，會以「奢偉」的假名，在崇拜著一位與二十二年前容貌相似的少女（然而並不是追逐或甚至想占有），並且因她險乎喪失了生命。

正因為「年富力壯」，少不了也「血氣方剛」。凡是社會上，發現一些殺人不見血的，不平的，欺詐的勾當，只要映進他的眼簾，閃過他的腦海，都會惹得他怒髮沖天，恨恨之聲不絕。

也正由於上述的緣故，雖然當時魯平，僅僅還只有一十九歲，因為他秉有「抱不平」的天性，和具有獨特的感覺，與敏銳的視覺，他曾經搜尋到若干證據，代一個被遺棄的弱女子，向一個玩弄女性的劣紳，痛罵得體無完膚，並予以相當的懲罰。

最後，為她索得了一筆足夠維持三年個人生活的贍養金，鼓勵她利用這批「血腥臭」的金錢，去培植她自己。後來，他知道，二年的勤奮耐勞，刻苦研習，她已速成為一個與二年前性格絕對不同的，剛毅有為的女子，她不怕一切障礙，阻撓，毅然決然地投身到輕視女性的社會中去，成為為社會服務的一員了。

複次，他曾經為一個與他年齡相彷彿的「初出茅廬」的青年，辨明瞭冤屈。他蒐集到足夠的憑證，在法庭上分清了是非黑白，使那個青年從「不白之冤」中跳開身來，仍舊有充分的機會，讓他發揮青年的熱誠，為社會服務。

之外，他又曾幹過其他若干俠義的事。然而，他雖竭力為弱者方面予以援助，但是，他卻有一個毛病，就是：他從不曾純粹幹過「義務」工作，白當過差；他必須從中獲得一些利益，雖然這「利益」是完全從弱者的對方攫取到的。

所以如此，也自有他的苦衷。因為，他本身是個貧苦無依，寄居於「他人籬下」的人，所有一切衣食等等費用，如果自己可能想法得到，又何必要仰仗他人呢？久而久之，積「陋」成習，無形中他已成為「盜」中之一員了。所可以告慰於他人的，他另外還具有「俠義」之風。

上面一節記述，粗粗看來，似乎與本文《一〇二》無關。因之，筆者十分擔憂，會使讀者諸位，感到枯澀乏味而不滿。如此，筆者且撇開「閒話」，「言歸正傳」吧。

那正是二十二年前。

一個暮秋的侵晨。如往日一般，魯平匆匆從寓所出來，挾著一份當日的新聞紙，循著走熟的道路，上兆豐花園而去。

進了兆豐花園，他徑往池邊的一塊他多月來坐熟了的石塊。離它十來碼遠的，斜坡形的沙灘上，也是固定不移的，安置著一張有靠背的，漆著草綠顏色的單人椅。在它上面，每天，或先或後，總是也被一個「老主顧」占據著。那是一位淡妝倩影的，二九模樣的少女。她，十分用心地，總是低頭於相當厚的書本上。

差不多近兩月來，他與她，每天總是在這十來碼之隔的兩地對坐著。他，管自讀他的當天的新聞紙；而她，管自讀她的書籍。

他與她從不曾交換過半句話。事實上也沒有交換談話的機會。所給予他們的機會，不過是，僅僅在彼此抬頭的時候，一瞥彼此的「尊容」，或匯合一下「電流」。

在一次加一次的「一瞥」，使她的容顏，在他腦海裡，由驀生，半驀生；到相熟，極相熟。雖然他不曾與她說過一聲「您早」或「您好」，他的心房上，是早早刻劃上了這一位少女的倩影。

二月來，她總是穿著一身湖色竹布的上衣，包裹著一個相當纖細的，卻也並不顯出「林姑娘」式弱不禁風的瘦弱的身材。袖子短到——也可以說是長到——臂彎裡，露出一段如削去了皮的藕般白的手臂，一條黑紗的短裙下，可以窺見她的滾圓的膝蓋，它們是被白色的長筒紗襪緊緊包裹著，腳上套一雙平底圓口，有打配鈕的白帆布鞋子。

領口的正中，平平正正的長著一顆蛋形的頭顱。兩條彎月似的秀整的長睫毛下，藏著一對含情的、深不可測的、點漆似的清秀的眼珠。在某一瞬間，好像充滿一種磁性似的熱力。頗高的鼻，不偏不倚的「居住」在整個臉龐的正中；是在櫻桃般的小口的兩邊，當若有所思，或若有所得之時，往往會堆上兩朵笑靨。

相當美麗，也在一瞥之下，就令人會感覺到相當可親。

然而，畢竟在某一個機會之下，繼「睹」而進一層到「談」，由閒談到熱烈的討論；從不相識成為相識，進一步變成膩友，再進一步而超出友誼之上，連續又拉開了一幕哀悽的悲劇的幕布。

而所謂「機會」，即就是產生在這個「陰」、「暗」兩可的清晨。

當魯平正自傾全神於報紙上，細細詳讀新聞之際，陡然間，驀地眼前一暗，使紙上的鉛字模糊起來。他心頭知道不妙，還不曾喊出「啊呀」來，也不容他抬起頭來，暴雨已如突然損壞了的自來水龍頭般，任意地打落到他的頭上，臉上，身上。

所幸在離他一箭之外，有一個長滿了野草的土墩，一棵生長得彎曲到可笑的樹木歪斜在它的旁邊。然而，幸虧它生長得「可笑」，才使它傾斜到一方的枝葉，形成了一個絕好的躲雨所在。

魯平瞥見這個所在，當即就「勇往直前」，奔到彼處去。他一邊抽出手絹，拭去頭上臉上的雨滴，一邊抬頭向天際望去。只見：濃意的含著不知多少「辛酸淚」的雲塊，正連續不輟的推來。

當他的視線收下，他看到了十來碼遠處的那位少女，驚惶失措地，在找尋她躲雨的地方；她分明也看到了他旁邊的空位子，她羨慕，但是又遲疑，儘讓無情的雨珠灑落到她的穿得非常單薄的身上，不知所措。

由於憐憫與同情她，魯平不自禁地向她第一次打著招呼，稍微提高點聲音，說：

「喂！密斯！這裡來，快到這裡來躲一躲！」

說後，在魯平的眼網裡，這一位少女的倩影，迅速地擴大，擴大，直擴大到僅僅被她的臉部塞滿了兩顆瞳人為止。此時，這一位二月來與他永遠相距十來碼遠的少女，經過蒼天的「作伐」，已在他的身旁了。

他們間隔著相當的距離，管自坐下，管自拭拂著頭上臉上的雨珠。暫時沉默無語。充滿空間的，僅是「殺喇殺喇」的，如山巔上往下衝瀉的，瀑布般湍急的雨聲。

經過相當難捱的沉靜之後，「吾友」魯平，第二次向此少女開口：

「密斯真用功，每天我總看到您捧著書。」

她，含羞地，輕盈地一笑，兩朵笑靨，瞬息在她的頰上一閃，溫柔地回答說：

「說什麼用功，那只不過是一些小說而已。」

說話相當穩重，文雅。然而，她所說的所謂「消遣品」，卻是一冊描寫下層社會的作品。當魯平說聲「謝謝」，借到手裡，翻看一遍內中的分標題，知道是自己早早拜讀過的，同情貧苦者的佳作，而自己也相當受到它的影響的。

魯平若有所感地嘆息說：「這一冊真是好書，不應該侮辱它是『消遣品』。密斯，您說，和書中同樣生活著的人，即就在上海一隅之地，也難以計數，是多麼令人憤怒與慨感啊！」

她並不答話，只是意味深長地點點頭。

又是沉默。

之後，這位少女嚅動著嘴唇，低低地問：

「密斯脫尊姓？在哪裡讀書？」

「余，人未余，」魯平毫不滯疑地回答。「去年畢的業，『畢業即是失業』，人浮於事，至今還不曾找到職業，賦閒在家。——密斯尊姓？」

「羅！」

「魯？」魯平稍稍驚駭地截住問：「魚日魯？」

「不，是四維羅。」

「哦，密斯羅。久仰久仰！在哪裡讀書？」

對方「撲哧」一笑，笑什麼呢？魯平猜測不出。大致是他的「久仰久仰」的「應酬」話出了毛病，但是，不容他思索到一個確切的答案，她已在回答他的問句，她依然溫柔地說道：「與密斯脫余一樣，我也是去年脫離中學的，我父親不願意一個女孩子家繼續升學上去，原因是『女孩子家總是別人家的人』……」

說到這裡，她不由自主的，一陣紅暈浮上了她的容貌，使她更顯現得可愛。雖然這一變幻早已閃進了魯平的眼網，但是，她還是需要掩飾。她故意地低下頭，瞧一瞧左臂上的手錶，突然，她「呀」的喊叫起來，說道：「呀！現在已經八點鐘，我要回去了，母親等著我一同吃早飯呢！」

「但是，這樣的大雨……」

「我也要走！」

她堅決地回答。

於是，魯平「毛遂自薦」，願意陪伴她回家，並且，脫下上裝，請她兜在頭上，權充一下雨衣。但是，她接受了前一個，而拒絕了後一個提議。

他們正各執一詞，相持不下之際，一線陽光，射開了陰霾的雲層，而雨也稍稍的微小下來。

在細微的小雨中，他們，相互偎依著，從旁人看來，恰像是一對情投意合的異性伴侶，匆匆地出了兆豐花園。

第二天，已是「天高氣爽」，魯平挾著報紙，到兆豐公園去。沿著斜坡形的沙灘，繞水池而行，那個固定地位的草綠色單人椅上，並沒有昨天的那位密斯羅，而相反，她卻躲藏在昨天避雨的地方。

她看到魯平，微微抬起身來，招呼道：「密斯脫余，這裡來坐。」

誰也不忍拒絕這種邀請的，如果也逢到此種豔遇之時。於是，魯平順順從從地，按照指定的座位，放下了屁股。

他們繼續談話。一天，一星期，一月……越談越深入。他們繼續談話。從生活，家庭，嗜好，思想……越談越接近。

他知道她的姓名是「羅絳雲」，較自己遲出母胎七個月零十三小時，有頗為糊塗的、擁有一妻三妾的父親，對於她一概不聞不問，只有一點是相當「關懷」的，嚴厲吩咐她「不許胡來」，也就是中輟她繼續求學的理由，有《心經》不離口的慈祥的母親，相當愛護她，視她如掌上之珍珠。然而，也只是給予她一點物質上的安慰而已。

她沒有姊妹，沒有兄弟，家庭中除她之外，只有母親，和一個愚笨的傭僕。父親是經常住在外邊「金屋」裡的，偶然，恰像去拜訪朋友似的，回一次家，順便放下一筆維持幾個月的費用。她非常孤獨，寂寞，日夜與書籍為伍，如此而已。

然而，遁跡在「空門」中的僧尼，多半是受到過深刻的刺激。「空門」般的生活，豈是富於熱忱的，擁有年輕熱力的她所可忍受?因此，她在內心中選擇，選擇一個與自己所具有的一切完全相同或近似的同性或異性，作一個膩友，既可解除寂寥，復能增進智慧。

基於上述理由，她之與他，立刻成為深交，似乎並不突兀吧?

他們已成為無所不談的莫逆交。甚至，坦白到，一次他曾經這樣向她詢問：

「雲!當然，你有你的日標，你將用你的志向、毅力，走向你的目標去!結婚不是你的事業。但是，你總不能終生不嫁，你總在挑選一個符合你理想的人，與你結合，換言之，你將幫助他，同時，也以他的助力，來完成彼此的事業的願望的吧?你有沒有這個意思?」

她一點也不含羞地，坦白地承認，說：「有!」

「那末，」魯平再緊逼一步，問：「映進你心坎上的，是誰呢？」

她仍然毫不含羞的坦白地說：「萍！是你，是你！」

（在彼此交談中，魯平告訴她，他的姓名是「余萍」，這在前文裡，筆者無暇插入，特此補正，請讀者諸位原宥！）

魯平聽了這話，卻驚駭到目瞪口呆，無言回答，要不是那位少女，在他的耳邊低低說著：「萍！你怎麼啦？」他真不知會呆到幾時咧！

這一個突如其來的演變，使魯平墮入到沉思中去——對於這位羅絳雲小姐，他是深深地愛慕著，而且，也頗有占有她的慾望。

以前，魯平——雖只有十九歲——與異性交際過的，卻也有相當的數目。然而都沒有讓他留下怎麼深的印象。只有這位羅絳雲小姐，在未交談之先，他已經熟稔她的舉止；而在已交談之後，又探索得了她的性格，思想，有與自己類似之處。而在二月來接觸的過程中，又深深地窺知了她心底的深處：她是有著溫柔和忍耐的特長。

一次，魯平偶然在某一項新聞內，找到了可惱的氣人之處，大發雷霆，恨聲不絕。而她，羅絳雲小姐，卻溫柔地，然而不是帶著使他消沉意志的媚態，閃上兩朵逗人的笑靨，鼓勵地輕聲說：

「萍！這樣的暴跳如雷，就能夠使這類不合情理的事從人間自動消除嗎？不，不！萍！你真傻！以後不要如此，還是靜靜地發掘它的根源吧！忍耐著！到有了充足的能力時，把它齊根剷除！那多麼好？不要冒無名之火吧，對你的康健有損害的啊！」

是多麼溫柔，而深情的話語呀！但是，並不叫人沉醉在她的懷抱裡，而是叫你去幹有意義的工作：努力去「發掘它的根源」；同時，她叫人再「忍耐」，而不是叫你「忍耐」著一切不問不聞，是「到有了充足的能力時」，然後「把它齊根剷除」！

是這樣一位逗人歡喜的姑娘，正是許多人「夢寐求之」而得不到的，魯平會不愛她的嗎？

那末，為什麼他聽到她訴說她心目中的人是「他」時，他會驚駭到目瞪口呆呢？它的原因安在？

由於，他既傾全生命愛她，因此，他不願意害她。他固然要影響她成為一個更有為的女子，所以如此之與她接近，有意無意之間，把一切灌輸給她，但是，如若接近到精神而上，甚至實行結合，卻不是他的本意……

其時，羅絳雲小姐見他沉思不語，異常疑惑不解，柔聲地打斷了他的沉思，說：「是嫌我的話說得太突兀？或是……」

「不，不！」魯平矢口否認，截斷她的話，說：「並不突兀。事實上，我心中又何嘗不作如是想呢！不過……」

至此，魯平縮住了往下的話，面部上呈露著杌隉不安之相，顯然有難言之隱。

羅絳雲小姐，痛惜地，低低地說：「難道，萍，到此時期，你還有什麼不可告訴我的話嗎？但是，我依然希望你坦白告訴我！」

「我……我……」魯平吞吐地說「雲！不知道會不會使你驚駭和鄙視我？如果我坦白誠實地向你說，我是個……我是個巨賊！」

「巨賊？！」聽至此際，果然，羅絳雲小姐驚惶失色。繼續囁嚅地說：「這……這……」

魯平之說出他的行蹤，恰像吐去了一根鯁住咽喉已久的骨頭，反覺得輕鬆，平靜得多。此時，他鎮定地向她搖搖頭，滔滔地告訴她說：

雲！不要驚慌！且聽我說完我所以幹這勾當的由來——

我向你訴說我的姓名是余萍，其實，我不姓余，而是姓魚日『魯』，不叫浮萍的萍，而是不平的『平』。

從我有知覺起，我就沒有了父母。我的父親本是一個五金富商。一次，他老人家為一個老友申冤，耗損了他一半以上的財產，結果，他老人家的老友，雖然是用金錢買放了，因為遭受了過多的極刑，就奄奄病死了！他們真情同手足，自小平素又在一起合夥。我父親眼看他的老友，被歹人覬覦財產，偽造憑證，栽害而亡。於是，鬱鬱不歡，不滿二月，相隨他的老友，脫離了這光怪陸離的世界。繼著，我母親悲傷過甚，染上了火症傷寒，不治而死了！此時，我不過不滿四歲。從此，我由我的叔父領養。他，我的叔父，模樣『道貌岸然』，實具『狗肺狼心』！不但吞噬了我父親的財產，而且，把我如同『貓』、『狗』一樣地餵養，一直到現在。

一次，偶然的機緣，從我的乳孃處得到了上述的悲慘的報告，我的『憤怒之火』，不禁油然而生，這，也所以是導誘我走到這『巨賊』的一條路的一種力量！

我看到許多許多的所謂『正人君子』，他們花天酒地，出入汽車，在路上橫衝直撞。稍有不豫之色，動輒呼么喝六，頤指氣使，視同是十月懷胎的他人如狗彘。動輒以

『強盜』、『賊坯』等等『頭銜』冠於他人之頭上。然而，他們的卑鄙惡劣的『斂財』行徑，正要比『強盜』、『賊坯』高明萬千百倍！

「我的叔父即是此中之一。我目所見、耳所聞，都深深地『儲存』在心房之中。如你所說，忍耐著，等抓得住若干憑證，即予以嚴厲的制裁！然而，從另外的偶然的機會中，我曾代若干人，消除了冤屈、侮辱。我自以為非常得意，並且，由此而從所謂『正人君子』那裡，我也取得了若干『臭錢』，超脫了我的『貓狗』般的生活。」

「雲！我就是這樣的人物，是一個罪犯，是一個敲詐、盜竊犯。我愛你，我的整個心，已經無形中被你攫奪了去，跳進了你的心腔。但是，回視我自己的『作風』，使我退卻——雖然我是怎樣的悲哀於此種退卻——使我畏縮不前，走向你的面前，要求你屬於我。雲！我怕，我怕我會害了你，害了你的名譽，害了你的……」

至此，魯平無力再往下說，他，目不轉睛地，向她凝視著，想從她的深不可測的瞳人中，獲得什麼。

她滯疑了片刻之後，勇敢地向魯平提出抗議，說：

「不，不！萍！哦！平！我不贊同你的說話，我希望把我屬於你，也把你屬於我……」

由於這一席話，在魯平的心房上，鐫刻上了永世不可泯滅的傷痕！……

光陰先生頗不留情，在「吾友」魯平與羅絳雲小姐相持不下之際，悄悄地溜逝，溜逝，從暮秋到隆冬。突然，爆竹一聲，輕輕地給魯平與羅絳雲小姐，各各新增上了一歲。

雖已「春回大地」，但是，氣候還是相當寒冷，兆豐公園中的枯枝上，恰像「風燭殘年」之老者，風光慘淡；風，「呼呼」地掠過枯枝，被「榨」出蒼老的「嘩嘩」的沙聲。

風是那樣地猛烈，誰都會被颳得顫抖。但是，逆風而行的魯平與羅絳雲小姐，卻似乎都一些也感不到，只是在熱烈地爭論著什麼。

羅絳雲小姐的容顏，顯然消瘦得多了！憔悴、疲乏、焦悚、惶惑，從她的每一個毛孔裡爬出來，爬滿了整個臉面。她，默然地，低低地，柔聲向魯平說：

「平！沒有考慮的餘地了嗎？你與我之間的事？」

「是的！」魯平沉痛地說：「雲！委實我考慮不到一個妥善的方策，如果一定要在現在決定。」

凜冽的寒風捲起披散在她額際的細髮，但是，她已失去了整理它們的情緒。她的心緒，也恰像細髮似的散亂無序。她繼續說道：

讓我再說一遍，可以嗎？平！對於你我的事，我說得快『舌敝唇焦』了。但是我還是再想嘮叨一遍。平！你不記得我第一次對你所說的話嗎？我說：我不管你是個『強盜』，或是個『賊坯』，我還是願意作你終身的伴侶。那時，平！你以為我知道了你是個強盜之後，我就鄙夷你嗎？不，不！平！請你放心！我絕對沒有一點鄙視你的念頭。我只有更敬慕你，更愛戀你！我覺得，如果我能夠在你的身旁，不但不會沒辱我，相反的，只會使我驕傲。

「你，平！以你的行為，與那些偽善的『正人君子』相比，不是一方面卑鄙得可恥；而你是幹得赤裸裸的叫人可愛啊！而且，縱然你的行為有可議之處，也並不是你的錯，而是社會之罪啊！平！這種話，請你記一記看，我向你說過了多少遍了呢？平！我的平！我願意做你的伴侶，我也願意做你的幫手，我要幫助你，完成你的理想——把一切不合理的事，發掘它的根源，然後，絕不容情地剷除它！——我希望你，在今天，不再叫我失望，拒絕我的請求吧！」

「在今天？不能，不能！雲！請你不要悲傷！」然而，魯平自己卻顯得十分悲哀，幽幽地說：今天我約你到這裡來，並不是為了重提舊事，而是，我將報告你一個好消息。我有一個做牧師的朋友，他，非常虔誠地信奉著上帝，準備在三天後，啟程到雲南去傳教。我非常想和他一起去，為了想懺悔我過去所犯的罪惡，但是，目前我正被一件要緊的事纏住了，最快也非在半月之後方可以結束。如果你願意的話，我希望你跟他一起去，暫時把賜予我個人的愛，廣泛地散布給每一個值得我們愛的人！我，雲！當我了結了這一件要緊的事情之後，再等到接到了你的固定地點的來信之後，我將追蹤前來。

「如果在傳道的過程中，我領悟了一切，而可以刷清過去的汙點，那時，雲！我自會向你求愛的。因此，我約你到此地來，是為了：第一，你我之間，不可解決的事，希望放在『當時彼地』去解決；第二，為了你的思想、康健，希望你答允我離開此地，專心致志，從事傳道的事業。雲！你是否捨得離開你的母親；同時，你是否為了愛，捨不得離開我呢？」

「吾友」魯平，傾全生命愛著羅絳雲姑娘，然而又自以為滿身都是汙點，會玷辱了這位姑娘。因此，他需要洗刷，懺悔。他經過數度的考慮，毅然去找尋一位當牧師的朋友，尋求一個解決的方法。而這位牧師，正擬動身上雲南去傳道，他給予了魯平這樣的一個指示。

羅絳雲小姐對魯平，比自己更要信任。她，聽說了他的話，低頭依隨著他的步伐，在堅硬的地面上，向前邁開腳步，沉吟不語，在暗自盤算著。

稍停，她抬起頭，兩串明珠般的淚珠，映進了他的網膜，微微地咬著下唇，向他點點頭。

「考慮過了嗎？沒有問題嗎？願意到這偏僻的地方去嗎？」

魯平，緊緊地摟住她的纖腰，熱誠地，發出了這一連串的問句。

她，羅絳雲小姐，還是點點頭。接著，她抽噎地說：

「平！我願意去。母親，我可以捨棄的，她雖然愛我，但也是狹仄的自私的愛，我要飛出這軟性的自私的囚籠。」

他們各各浮上了甜蜜的，悲酸的笑。

又匆匆離別了。

三天後，停泊於十三號碼頭旁的駛往香港去的郵船中，牧師、魯平與羅絳雲小姐互道著珍重。

羅絳雲小姐淌出了淚水，悲哀地說：「平！你……不能失約的啊！」

「自然，」魯平輕聲地說。「雲！我從來不是這樣的人，你可以放心。老實說，我何嘗又願離開你呢？只等我接到你的來信，我立即來找你。你，雲！你是我心目中的『瑪麗亞』呢！你是我的崇拜者，我可能捨棄一切，然而不能捨棄掉你。」

無情的汽笛，突然「嗚嗚」的鳴叫起來，催逼著送行人的歸去。

魯平痴痴地望著。望著船身的漸漸移動；望著羅絳雲小姐手中的粉紅色手絹兒迎風飛舞，直到模糊，消失；他才嗒然神傷地回到他的寓所。

至此，筆者又要向讀者諸位「嘵舌」了，羅絳雲小姐是否即是他的愛子小平的母親呢？回答是：「否！」否則，筆者起初所說的「悲劇」，豈非前後矛盾了嗎？

離此郵船啟碇後二個月零五天，魯平從綠衣人處，接到了一封久候不至的雲南寄來的信。

看信封上的筆跡，分明是他的朋友牧師的手筆，他不明白為什麼羅絳雲小姐不親自給他寫信，但是，他只要讀到，她已經平平安安地到了雲南，他不是也安心了嗎？至此，他不再妄加猜測，急速地拆開信來。

首先落到桌子上的，是一張不大的信箋，只寥寥數十字，是羅絳雲小姐的娟秀的筆跡：

平哥：

妹託福已平安進了雲南的境界。但是，在郵船中，因貪婪著海上的風景，受了涼，至今還是患著極重的傷風。大致明晚我們就可到達昆明了，等我安頓好後再給你寫封詳細的信。

祝好！

你的雲　二月二十四日

另一張信箋上，是這樣寫著：

平兄：

且請你抑制住感情，讀完我給你的信。

是今晚到的昆明，可是，羅小姐沒有一同來。在今天黎明的時候，她，已被我和幾個土人，草草地埋葬在離此七哩的深山叢草中了！

我本擬在她的重傷風稍稍好些後再一起走，但是她不願意這樣做。她急於要到達目的地，或許正為著你的緣故，因此，有著熱度，還慫恿我趕路。前天清晨，我們束裝就道。按照預計，五十三哩路程，我們可以在前晚趕完。可是，因她帶著病體，腳步不得不緩慢下來，以致在昨天的傍晚，我們還只走了四十六哩。

我們稍稍歇腳，正待再前進。突然，在這漫無人煙的深山曠野，閃出了三個剪徑賊，他們搶劫了我們所有的一切，或由於羅小姐的容貌美麗，又起了淫慾之心。羅小姐抵死不從，喪身在他們的尖刀之下了……

雖然寫信的人，要魯平「抑制住情感」，讀完他的信。但是，叫魯平怎樣忍受得住，抑制得住情感？他，出娘胎來第一次，淚水如潮般的湧出了眼眶……

他的眼前頓時黑下來，雖然在白天，他已失去了他的明燈，他是處在茫茫無標無的的黑暗中了！

至此，筆者將二十二——二十一年以前的舊事，已經交代清楚了。

自羅小姐離開這人世間，魯平無形中打消了到雲南去的念頭。他既已失去了指示他前進的明燈，使他徬徨於黑暗之中；又感到「天下烏鴉一般黑」，加強了他對人世間的憎恨，他立意繼續他「不名譽」的作風，予患害人世間的一切蟊賊以懲罰！

他是如此地痛心於他的戀人的夭殤，他十分內疚：「我雖不殺伯仁，伯仁由我而死。」沒有他的催促，她，羅絳雲小姐，絕不會走上她的死路的。

羅絳雲小姐最難能可貴者，她有獨特的思想，內剛毅而外溫柔的性格，她超出於一切女子，甚至比若干庸碌無為的男子更有為。她是他所敬慕的戀人，她是他的「聖母瑪麗亞」，給予他勇氣，鼓舞，愛情……

然而，不幸，她竟作了無辜的犧牲者了！把她投擲出了這個人世間！她在這個世界上滅跡了！她帶著她的沒有廣布開去的「大愛」含恨地進了泥土。但是，她所賜予魯平的情愛，則永永不曾從他的心房上抹去。

發生此悲劇的十八年後，距今三年以前——

他為著要探索某一個醫生，用怎樣的手段誆騙了一個年輕寡孀的「私房」，而丟棄這個可憐的女人。他知道，她有一個金殼的法國掛錶，被那醫生當作了「紀念品」，在這錶殼之內，細巧地鐫有她丈夫和她自己的名字。因此，魯平假扮了一個病者，想去探索得這一個金錶的所在，進一步而落到自己手裡，當做一個憑證，使那醫生啞口無言而甘心就範，予他一種精神上的補償。

他穿著一件藍布大罩袍，披著一頭散亂的頭髮，現著極度疲倦的姿態，跳上了二十一路的紅色公共汽車，到他要去的目的地去。

車廂中相當擠軋，不但沒有空座位，連站得住腳的空隙地位也沒有，他不得不把雙手一齊高舉，抓住車頂的銅梗，來穩住他的搖晃。然而，出其不意的竟在此車廂之中，有人仿效著俠士之風，慷慨地站起身子，讓位給他，他跌坐下去。

但是，當他偶爾抬起「倦眼」，方始發覺讓座給他的人，乃是一個身段纖細的女子。他陡然已忘卻了此時的任務，而收回了他的「疲憊」的兩眼，換一種注意的，睜得非常之大的眼睛，光芒四射地凝注在她的面龐上了。

越注意，他也越忘卻了「此時此地」。他完全失常地，閃射著一種驚怖、疑訝與傷感所交織的情感的火花；並且，他的嘴角也開始微微顫動，而喉間已響出了一個二十二年前所叫慣的字：「雲！」

但是，便是一瞬之間，他發覺已錯認了人，而鬆弛了緊張的情緒，閃上一絲苦笑，又重複恢復到先前的疲憊失神的狀態。——她，站在他面前的姑娘，是多麼酷肖她——二十一年前的羅絳雲小姐——啊！而且，即此「讓座」一點，已深切地說明了她的不同於其他的女子，她的性格，也顯示了有與雲相似之點。

他腦膜上浮現著一切，想到過去的溫柔的雲，即偷偷地向這位仁慈的姑娘，投送一種又像留戀又像畏怯的異樣的眼色。

幾站路過後，他瞥見那位姑娘匆匆跳下了這公共汽車，雖然他的目的地還差幾站路，但是，他卻也跟隨著跳下，悄悄尾隨在她的後面。

由此，魯平想不到，竟又展開了一幕意想不到的悲劇，而在他的心房上，又鐫刻上了一幀與二十二年前容貌彷彿的倩影。

……

魯平聽到余雷熱誠的聲音，說在自己痊癒之後，他將刮自己兩個鬆脆響亮的耳刮子。原由是，自己這件事做得太傻。他雖然忍住著口渴，想靜聽余雷繼續講述，自己在暈迷之後他所探索得的經過，然而，不知怎麼，自己竟會忍俊不禁，笑出聲來，說：

「該打，該打！」

這一句突如其來的說話，使兩人大吃一驚，繼之而大笑。差不多同時地，四條有力的光流，射上了他的清瘦的臉龐。余雷熱切地問道：「今天好得多了麼？」

「不錯，好多了。」魯平簡短地回答。接著喟然而嘆道：「想不到我會完全控制不住理智，而一憑情感作祟，幹出非常對不住兩位的事。我，你們兩位，大致還不明白，所以我為什麼幹這一件傻事的緣由吧？因為，那位易紅霞姑娘——我忘記了從前有沒有告訴過你們——她的容貌，性格，舉止，甚至她的名字，與二十二年前，為我犧牲的另一位姑娘，完全相同……」

「你是說，羅絳雲小姐？」

響著難堪的吵聲，孟興急切地問。

「是的，羅絳雲。」魯平又繼續說道：「絳雲，紅霞，名字的意思是何等相像？！容貌又是何等相像？乍看一眼，就翻動了我的心底裡的沉澱，使它在我心中復活起來。我紀念絳雲，我於是追逐紅霞。數度的接觸之後，我發覺易姑娘的性格是那末溫柔，忍耐，與絳雲又完全同一，所稍異的，前者是頹廢，而後者是進取的。為了紀念絳雲，為了使她——我的『瑪麗亞』——能夠重活在世間上，因此，為抱著極度的希望，要改變她——易姑娘，使她成為與絳雲一式無二的有為女子。」

由於過度的渴燥，他舔舔嘴唇，又繼續說道：「我已是中年人，沒有占有她的慾望。所以那樣地熱烈追逐她，是在於要她變成『完人』。三年的過程，僅僅完成我理想中的一半之際，而突然發覺她將有生命之危，我由於感情的衝動，而貿然的不顧一切，幹下了此種傻事……」

至此，他憂傷地沉默不語了。

孟興與余雷，相視不語，心中各自浮泛上一種莫名其妙的感覺。

「我，」魯平見他們兩人不說話，又繼續請求道：「我現在不能動彈。對於我昏迷之後的事，從適才你們的談話之中，獲得了一些外，其餘的一概不知。但是，適才所聽到的，雖然也是我急於想知道的，卻還是次要的。請問你們，現在易姑娘究竟受了什麼傷，有沒有危險呢？」

孟興與余雷聽後，面面相覷，各各怨懟適才自己的魯莽疏忽，以至於一切都均被魯平竊聽了去。

余雷嚅囁地，違心地答道：「她，她……據我所知，她沒有危險吧？」

魯平正擬進一步追問：「易姑娘病在什麼醫院中？」看護小姐進來，阻止了他說話，又因為探病的時間已到，她把孟興與余雷兩人「驅逐」出了病房。

第十七章　繼續過去的作風

為著要與易紅霞姑娘相見，耆偉先生抑住了自己的情感，收煞住「思想之箭」，不讓胡亂奔馳，使腦海得到一個休息的機會，而讓病體早些恢復健康。

太陽照常地出沒著。過了一天又是一天。醫師與看護照常地工作著。他們，每天替耆偉診治病況，換紗布……孟興與余雷也是這樣照常地工作著。他們，每天都來探視他們的首領，逗留若干時候，走了。

壁間的日曆，落葉似的飄落了十五頁；耆偉的病體，又差不多完全恢復了。「再過一星期，」醫師曾經說過：「你可以出院了。」

這天，天色相當晴朗。他在病房裡移動腳步。他的腳步是那樣的什亂無序，搖擺不定，恰像剛學步的嬰孩那麼地艱難於走動，但是，他還是努力地摸索。

飯後，他悠閒地仰躺在靠窗的軟椅裡，等待醫師的到來。溫煦的陽光，一些也不受玻璃窗的阻礙，撲瀉進病房，灑射遍了他的全身。他，感到周身相當溫暖，他的心房也感到了異常的溫暖。

醫師進了病房，含笑地走近他身邊，殷勤地問：「奢先生，今天覺得怎樣？」

「謝謝你，大好了。」

說後，醫師把手按上他右手的脈搏，之後，又按上他左手的脈搏。點點頭，說：「唔，真的與常人無異了。——奢先生，你此次的能起死回生，全靠一位姓易的姑娘呢！此人你認識不認識？」他看到奢偉點頭示意，又繼續說道：「當你進院的時候，是多麼的危險？因為流血過多，若然不在十二小時之內給你輸血，奢先生，你將完全不活！——在平常，那是極容易的，只消找到一個與你血液相同的人，給你一輸血，馬上就可以渡過難關。但是……」

醫師突然停住，向病房內看了一周，見沒有人，稍微抑低些聲音，說：「但是，湊巧這時候輸血會員們都罷了工——原因是他們所出賣的血，價錢實在太低賤了！數度向醫院當局交涉，可是總不肯提高價格，明欺他們都是無能為力的貧窮人。他們忍無可忍，就在此時罷工不幹——找不到一個輸血的會員。正在束手無策之時，奢先生，似乎是合了『吉人自有天相』這一句話吧？來了這麼一位身材纖細的姑娘。她向我們醫院裡的醫師詢問，說：『有沒有一個姓奢的？他手指上套著一個嵌一尾鯉魚戒指的？如果他需要輸血，我願意。』奢先生，她問得相當仔細，然而還不見定心，直到看到了你，看到了你的手指上的戒指之後，才含著笑，勒起她的衣袖。奢先生，由於這一著，你，不錯，你是得救了，而她……」

說到「你」字，語氣特別著重，而說到「她」卻又突然停住了，樣子不勝惋惜。

「她怎麼？」

奢偉的心頭，陡的浮上了一絲恐懼；同時，他也記起了半月前，余雷嚅嚅囁囁所說的話，「她，她……，據我所知，她沒有危險吧？」這是一句不負責任、含糊的話。當時，因為自己過於疲乏，無意深加研究，以致被他敷衍過去。而現在……他異常驚駭地，岔斷了醫師的說話，顫抖著聲音問。

醫師也相當會「鑑貌辨色」，自知已失言，即立刻「轉風使舵」，打岔到另一個話題上去：「奢先生，她還需要靜養靜養，不宜多思索。——哦，等會見。」

說著，他站起身來，匆匆地準備向門外走去。當他將出病房的門口時，奢偉忽然想到了什麼，叫住了他，說：「醫師，請問你，我可以上草地去晒晒太陽嗎？」

他伸出不大有力的手，指著窗外的綠茵草地。

醫師沒有作復，不過頻頻地點著頭，走了。

奢偉之提出「晒晒太陽」的請求，實在是「醉翁之意不在酒」，並非真的要去晒太陽，而是想藉此機會，探索易紅霞姑娘的蹤跡。他斷定，易姑娘一定也病倒在此地，否則，何以這位醫師會知道得如此詳盡呢？醫師最後的「而她……」的慨嘆語，則是一個謎。是指「她」還是病得很凶險呢，還是已經為了自己，已經病死了？

他必須要去發掘這個謎底。

他慢慢地站起身子，顫抖著無力的腿，摸索著，慢慢地出了病房。他靠在走廊的白粉牆上，放開視線向前看去。只見僅有二三棵小樹的園地中，遍地都叢生著蔥綠可愛的短草，使他的視覺為之一新。

但是只不過一新雙目而已，立即他掉回頭來，向平坦的走廊走去。他，每一個病房的房門口，都要呆立一下，凝神注視一下門口的搪瓷牌子，看有沒有註明著「易」

字的。

但是不幸！真所謂「勞而無功」，他看過了約摸十來塊牌子，卻不曾找到那個「易」字。當他失望之餘，嗒然地正擬轉身之際，突然，隨著溫煦的春風，飄來了一陣低弱的，斷續的呼聲：「嗚……嗚……奢……」

飄進奢偉的耳膜，是那樣地親切熟稔。更甚於此者，這哀切的呼聲中，含糊地分明有著了「奢」字。由此，使他猛然省悟，這呼聲正是屬於易紅霞姑娘的。

他，似乎被無形的鐵拳，重重地擊上了鼻梁，感覺到一陣難忍的痠疼，繼之，滿眼眶已被淚水所浸沉，而遮斷了他的視線。

他趕快拭去這可羞的淚珠。似乎「騰雲駕霧」地，失去了自制的能力，恍恍惚惚地邁開腳步，撲進了傳出這呼聲的病房中去。

他看清了一切：病床邊上坐著一個白衣的醫師，在他的旁邊的站立著一個看護。他們都瞪著驚訝的眼，被這位直衝進來的「不速之客」所怔住了。

他又看清了……床中央，一顆纖細的瘦怯的身子，被包裹在白色的薄被單裡。露在被外和擱在枕子上的，是一個散髮蓬亂的頭顱，它的上面是可怖地呈露著焦黃之色，而瘦削到竟連什麼都凹陷了下去。凸出的，是兩顆失神的眼珠，兩方高聳的顴骨，和兩排雪白的牙齒。然而，總不能因之而改變了它的原來的狀貌，它，正是那位溫柔、忍耐、天真無邪而又勇敢得可愛的易紅霞姑娘的頭顱。

他，失去了常態地，撲倒在床上，拚命地搖晃著她的瘦怯的身子，急切而真誠地叫道：「玲兒，玲兒！瞧！奢偉在這裡！」

易紅霞姑娘並不轉動她的頭顱，事實上，她已失去了此種力量！過去的「蹺工」、「趟馬」的功夫，早早在她的身上消逝。她，僅僅轉動她的無神的失了光芒的眼珠，向奢偉一瞥，隨即又睏乏地緊閉上，欲點頭而沒有點，只是幽幽地，斷斷續續地說：「你……奢先……我高……高興……極了！你還……還活……著……僥倖我……沒有……白送……掉……性……命……」

奢偉痛心地叫著：「玲兒！你救了我，你輸血救了我。但是，玲兒，我卻仍舊不曾救了你，你呀！玲兒！」

易姑娘悽慘地一笑，又叫：「奢先……不曾救……救我……我的身，我……我的……心，奢先……救了……我……我的心……謝……謝……你！……我……我要……

離開……這……世……痛苦……世界！希望……活……活在……你奢……的心……心裡。」

說後，又緊閉住她的漸漸灰白的嘴唇。

此際，恰像小菜櫥在奢偉的心頭突然攪翻了地，各式各樣的滋味混合在一起，悲酸、失望、憤恨……他啞聲地嗚咽著：「玲……玲兒！」

但是，易紅霞姑娘似乎已不再聽得奢偉的喊聲了。她閉緊了眼，臉部一陣緊一陣的抽搐，呼吸一陣緊一陣的短促，淚珠，湧出了眼眶，滾著，滾著，滾向太陽穴去。

病房中似死樣的沉寂。

但是突然，從易紅霞姑娘的口中，迸出了一聲喊：「天吶！」

接著，她，天吶！她畢竟像羅絳雲小姐一樣，只能活在奢偉先生的心裡了！

他迷惘地站起身子，搖晃出病房，迷惘地不斷地喃喃自語著：「完了！她也完了！」

他已完全迷塞了他的理智，他已完全忘了他將往哪裡去，他只是茫茫然的搖晃著腿腳，向前走著，走著。他，不知不覺間，已走出了醫院的大鐵門。

他還是不知不覺地，一直向前走著，還是迷惘地不斷地喃喃自語著：「完了！她也完了！」

恰是三月中旬的天氣，下午五時，陽光還是那麼可愛，那麼有力，撫拂在人身上，感到暖洋洋地舒適。

大西路一帶的兩旁人行道，隔著相當距離種植的樹上，每根枝杈上都呈現著綠色的新生的嫩葉。路中，來來往往的行人，都已卸去了笨重的冬衣，而換上了鮮豔的，輕便的春裝。……

這些都不曾觸進奢偉的眼瞼，他，只是痴痴地，喃喃自語地走著。而浮現在他眼前的，只有二個倩影，二個相貌類似的倩影。

不錯！羅絳雲完了，易紅霞也完了。絳雲曾經給予他幾許勇氣，叫他靜靜地去發掘不合理的情事的根源，而把它齊根剷除！紅霞攪起了他心頭的沉澱，重又鼓起了他的勇氣。但是，她們都完了！他的眼前的明燈完全破滅了，他將永遠生活在黑暗中了！

但是，一個響亮的吵聲，在他的耳邊盤旋：「不，不，絕不這樣！」

那多麼肯定的回答，使他猛然吃了一驚。他抬起頭，遠矚著無涯的天際，默默地禱告：「上帝！真的絕不這樣麼？」

立即，他得到了回答，依然是那樣堅定的語氣：「真的，絕不這樣！」

他放下視線，瞥見對街一所百貨公司，正是春季大減價的時期，廣告的旗幟，觸目地在旗桿上飛舞。門首，一架擴大機正發出吵吵的聲音，又在繼續著問：「無論如何不這樣？」

奢偉不禁暗自失笑了。他錯疑電臺裡的播音者為「上帝」，不是有趣的事麼？

此時雖是將近黃昏之際，然而一抹夕陽，把半方碧藍的天空，渲染成可愛的淡紅，使他心神一暢，而頭腦也隨之清醒得多。他記起了下午自己的舉動，訕笑自己的真真變成個「大傻瓜」了。

他暫時放下一切的思緒，打算他目前的「歸宿」。

「依然上醫院去，還是回自己的寓所呢？」

他這樣地問著自己。

「回寓所去吧！」他回答自己：「應該快走了，已經是近晚的時候了哩！」

突然，他又悲哀起來，徬徨，躊躇在路途上了。

「黃昏，啊！黃昏，」他喃喃地自語著。「我個人的人生旅途，不正走到了『黃昏』，而將接近『黑夜』了麼？那麼……」

於是，他的哲學又變成了「黑暗論」了。

「無論如何不這樣！」

雖然他已離開這百貨公司數位之遠，但是，無線電裡的播音，還是那樣肯定地有力地響著，深深地打入了他的心坎，在他的心坎上，震起了迴響：「無論如何不這樣！」

最後，他打定了主意。於是，愉快地跳上了黃包車，叫他向自己的寓所拖去。車上，一陣陣的晚風，拂上他的面龐。他清醒著，默然著，但是，他又放射了他的漫無止境的「思想之箭」。

奢偉有了肯定的打算：「無論如何不這樣。」這是他的現在的，也是今後的「人生觀」。他以為：他今後的處世方針，還是，而且要更進一步，繼續過去的「作風」。為著他要實現羅絳雲小姐的理想——靜靜地發掘它的根源吧！忍耐著！到有了充足的能力時，把它齊根剷除！和為她們——羅絳雲與易紅霞——與她們或他們同樣的弱者報仇，即是剷除掉一切人世間的弱肉強食的不合理的事和強暴凶惡的蟊賊！

他並不曾走到所謂「黃昏」，事實上，他現在正是重見光明的時候。他有了深切的信心，心中放出了光明的火花，照耀著自己，驅自己向有為的前途走去！

他，抱著絕大的雄心，讓黃包車送他到自己的寓所去。

電子書購買　爽讀 APP

國家圖書館出版品預行編目資料

一〇二：遊走於黑暗與光明之間，真相在謊言與陷阱中浮現 / 孫了紅 著 . -- 第一版 . -- 臺北市 : 複刻文化事業有限公司 , 2024.10
面；　公分
POD 版
ISBN 978-626-7595-24-4(平裝)
857.81　113015328

一〇二：遊走於黑暗與光明之間，真相在謊言與陷阱中浮現

臉書

作　　者：孫了紅
發 行 人：黃振庭
出 版 者：複刻文化事業有限公司
發 行 者：複刻文化事業有限公司
E-mail：sonbookservice@gmail.com
粉 絲 頁：https://www.facebook.com/sonbookss/
網　　址：https://sonbook.net/
地　　址：台北市中正區重慶南路一段 61 號 8 樓
8F., No.61, Sec. 1, Chongqing S. Rd., Zhongzheng Dist., Taipei City 100, Taiwan
電　　話：(02) 2370-3310　　傳　　真：(02) 2388-1990
印　　刷：京峯數位服務有限公司
律師顧問：廣華律師事務所 張珮琦律師
定　　價：299 元
發行日期：2024 年 10 月第一版
◎本書以 POD 印製
Design Assets from Freepik.com